SERTİFİKA NO 15033

ISBN 978 - 975 - 22 - 0794 - 3

2018 . 06 . Y . 0105 . 6548

**Birinci Basım**
**Kasım 2018**

**BİLGİ YAYINEVİ**
Meşrutiyet Cd., No: 46/A, Yenişehir 06420 / ANKARA
Tlf.: (0-312) 434 49 98/ 434 49 99/ 431 81 22 • Faks: (0-312) 431 77 58

**BİLGİ DAĞITIM**
Gülbahar Mh., Gülbağ Cd., No: 33, A-B Blok,
Mecidiyeköy 34387/ İSTANBUL
Tlf.: (0-212) 217 63 40 - 44 • (0-212) 522 52 01
Faks: (0-212) 217 63 45 • (0-212) 527 41 19

www.bilgiyayinevi.com.tr • info@bilgiyayinevi.com.tr

SELAMİ GENLİ

# Aparkat

roman

BİLGİ YAYINEVİ

kapak: candan işcan
editör: biray üstüner



baskı: pelin ofset
(0-312) 395 25 80-81
sertifika no: 16157

**_Teşekkürler_**

*Mustafa Genli, Gülseren Genli, Gizem Yılmaz, Gülçin Bedi, Ayhan Bedi, Sanem Al, İbrahim Al, Melek Bedi, Zeynep Al, Hacı Yılmaz, Fatma Hanım Yılmaz, Berkay Yılmaz, Gizem Erbay.*
*Biray Üstüner, Erol Altun, Candan İşcan ve tüm Bilgi Yayınevi Ailesi...*

*"Hayat sana kroşe vurduysa, sen ona aparkat çak!"*

# *1*

Kahraman bileklerini kesmişti. Tentürdiyot kokulu hastane odasında bu yüzden yatıyordu. Peki, henüz yirmi sekiz yaşında, üstelik yakışıklı ve zeki bir adam bileklerini niçin keser? Kahraman bunu yapmıştı. Çünkü doktorlar, kendisine uygun kalp bulunamadığı takdirde, en fazla üç ay yaşayabileceğini söylemişlerdi. Kahraman da ölümü beklemek yerine, ona kendi ayaklarıyla gitmeyi tercih etmişti. İnsan ne zaman öleceğini bilirse yaşamın tadı kaçar.

Genç adam yaptığı şeyden pişman değildi. Eline geçirdiği ilk fırsatta bileklerini yine kesecekti. Bu yüzden Kahraman'ı ayak bileklerinden ve omuzlarından yatağa bağlamışlardı.

Normalde, intihara meyleden hastaları bağlamıyorlardı. Uyuşturucu iğneyle ya da hap vererek bir süre uyutuyorlardı. Ama Kahraman'ın sakinleştiriciye de uyku hapına da alerjisi vardı. Genç adam ne uyuyabiliyor, ne sakinleşebiliyor, ne de yattığı yerden kalkabiliyordu.

Bu beş metrekarelik, fare deliğini andıran hastane odasında onu, yaşadığı cehennem azabından birazcık olsun uzaklaştıran tek bir şey vardı; müzik... Kahraman, Youtube'dan arabesk şarkılar açıyor, kulaklığını takıyor ve bambaşka bir âleme gidiyordu. Arabesk dediysek öyle Orhan Gencebay, Ferdi Tayfur falan değil... Onların şarkılarından daha acılı, daha dertli, daha isyankâr parçalar... Arabesk, Kahraman için ateşte kızdırılmış bir demir parçasıydı. Yaralarını dağlamaya yarayan çok kızgın bir demir parçası...

Genç adam, o gece de en sevdiği arabesk şarkıları dinliyordu. Ama ikide bir araya giren mızıka sesi yüzünden yaralarını dağlayan dertli şarkıların içine bir türlü giremiyordu. Kulaklığını güç bela çıkardı. Ve birkaç metre ötesinde yatan ihtiyara seslendi:

"Amca, bırak o elindekini yeter artık!"

Yüzündeki güneş gözlüğüyle Blues şarkıcılarını andıran ihtiyar, Kahraman'ı duymamışçasına mızıkasını çalmaya devam etti.

Kahraman yeniden seslendi.

"Amca sana söylüyorum!"

İhtiyarın mızıkasından çıkan Blues ezgileri bir türlü kesilmiyordu.

Kahraman, yaşlı adamın kendisini umursamadığını anlayınca sinirlendi. Bir an yatağa bağlı olduğunu unutup doğrulmak istedi. Başaramadı. Komodinin üzerinde duran bardağı gördü. Omzundan geçen kayışı zorlayarak sağ kolunu kaldırmayı başardı. Bardağı zor bela aldı ve sudan bir yudum içti. İkinci yudumu ise yutmadı. İhtiyarın yüzüne doğru fışkırttı.

İhtiyar, gözlüklerinden aşağı süzülen suyu umursamadan mızıkasını çalmaya devam etti. Eskisinden daha coşkulu çalıyordu.

Kahraman, ihtiyarı kendi çabalarıyla susturamayacağını anlayınca bağırmaya başladı.

"Hemşire! Hemşiree!"

Az sonra kapı açıldı. İnci gibi dişlerini göstererek gülümseyen tatlı bir yüz içeri doğru baktı.

"Buyurun Kahraman Bey?"

Kahraman, mızıkasıyla adeta tek vücut olmuş ihtiyarı göstererek, "Şu adamı susturun!" dedi.

Hemşire, ihtiyara baktı, gülümsedi.

"Ne gülüyorsun be!" diye bağırdı Kahraman. "Sustursana şu herifi!" Hemşire, ihtiyarın mızıkasından yayılan Blues ezgilerini yüzündeki tatlı gülümsemeyi bozmadan bir süre dinledi. Sonra kapıyı kapatıp gitti.

Kahraman arkasından bağırdı. Ancak topuk sesleri giderek uzaklaşıyordu. Hemşire geri dönmeyecekti.

Kahraman, ihtiyarın şarkıyı bitirmesini beklemek zorundaydı. Sinirden çakmak çakmak parlayan gözlerini tavana dikti. Mızıkadan yayılan neşeli Blues ezgilerini, arabesk bir şarkı söyleyerek bastırmaya çalıştı ama başaramadı. Kulağına gelen her coşkulu ezgi ona hayatın ne kadar güzel olduğunu haykırıyordu. Oysa hayat güzel olmamalıydı. Dünya, acı ve kederden başka hiçbir şeyin olmadığı bir kaya parçasından ibaret olmalıydı. Kahraman dünyanın kötü bir yer olduğuna inanmak istiyordu. Çünkü kimse cennetten kovulmak istemez.

Şarkı biraz daha devam etseydi, genç adam ses telleri kopana kadar bağıracaktı. Neyse ki ihtiyar böyle bir felakete mahal vermeden şarkısını bitirdi. Mızıkasını ağzından usulca indirip sordu.

"Beğendin mi?"

Kahraman, ihtiyarın hiçbir şey olmamış gibi davranmasına çok sinirlenmişti. Gözlerini adama dikti.

"Bak amca" dedi. "Uykuya dalamıyorum. Alerjim olduğu için hap da vermiyorlar. Sessiz ol, senden başka hiçbir şey istemiyorum."

İhtiyar, Kahraman'ın söylediklerini duymamışçasına genç adamın sargılı bileklerine baktı. İntihar etmeye çalıştığını anlamıştı.

"Dikine kesmelisin" dedi, "yatay kestiğin için kurtulmuşsun."

Yaşlı adamın, üzerine bastırarak söylediği "r"ler, altmış beş yıldır Türkiye'de yaşamasına rağmen, bir ecnebi olduğunu ele veriyordu. Tam yetmiş iki yaşında olmasına rağmen hâlâ yakışıklı ve bakımlıydı. Mızıkasını tutan elleri manikürden yeni çıkmıştı. Özenle taranmış beyaz saçları çok iyi kesilmişti. Sol kolunun üzerindeyse, yaşlanmış hiçbir Türkün kolay kolay yaptırmayacağı, genç ve güzel bir kadın yüzünün dövmesi vardı. Sesinin soğuk tonu ise yaşlı adamın Avrupa'nın kuzeyinden olduğuna bir işaretti.

Ancak ihtiyarın kim olduğu da, nereden geldiği de Kahraman'ı zerre ilgilendirmiyordu. Kahraman, bu Allah'ın belası ihtiyarı bir an evvel susturmaktan başka hiçbir şey düşünmüyordu. Az önce yaptığı öneriye bir karşılık alamayan ihtiyar cümlesini tekrarladı.

"Dikine kesmelisin, yatay kestiğin için kurtulmuşsun."

Kahraman adama ters ters baktı.

"Bir dahakine öyle yaparım. Şimdi kapa çeneni, uyumaya çalışacağım."

İhtiyar, Kahraman'ın kabalığını umursamadı. "Hikâye dinlemeyi sever misin?"

Kahraman bu tuhaf ihtiyara bundan böyle kısa ve net cevaplar verecekti.

"Hayır!"

İhtiyar ısrar etti.

"İyi bir hikâye uyumana yardımcı olabilir."

"İstemez."

Kahraman gözlerini ihtiyardan aldı. Ve sırtını çevirip diğer yana dönmek istedi. Ancak yatağa bağlı olduğu için bunu yapamadı. Yakası açılmadık bir küfür salladı. Gözlerini duvardaki saate dikti. Gecenin onuydu.

***

Aradan üç saat geçmiş ancak Kahraman'ın gözüne tek damla uyku girmemişti. Geçen ay gittiği psikoloğun tavsiyesi aklına geldi. Psikolog, "Ânı yaşa" demişti. "Madem önünde sadece üç ayın var; 'ânı yaşa'..."

Kahraman acı acı gülümsedi. İnsan ânı yaşayamazdı ki!

Genç adam haklıydı. Gerçekten de şu fani yeryüzündeki hiçbir insan "şimdi"de yaşayamaz. "Şimdi"yi yaşayabilenler insandan daha az gelişmiş canlılardır. Mesela maymunlar... Bunlar, yaşamlarını tamamen "şimdi"de geçirir. Her maymun, yalnızca kendisi için öğrendiğini öğrenir. Her kuşak, her şeye yeni baştan başlar. Çünkü yaşlılar, birikimleri beyinlerinde sonsuza dek kapalı kalarak ölürler.

Ama sen bir insansın... Birikimlerini senden sonraki kuşaklara aktarmak istersin. Bu yüzden de zaman zaman geleceği düşünür, bazen de geçmişte yaşarsın. Senin ateşi denetlemen beş yüz bin yıl, soğuğa uyum sağlamansa yedi yüz elli bin yıl sürdü. Seni hayvandan ayıran şey, ruhsal bir nitelikten kaynaklanmıyor. Bunlar, evrim süreci boyunca gelişen yetilerin doğrudan bir uzantısı... Senin "şimdi"de yaşaman imkânsızdır. Çünkü sen geçmişten geleceğe doğru yol aldığını bilen ve bunun farkında olan tek varlıksın. Geçmişten gelip, geleceğe yol alan bir trende, kafanı cama yaslayıp öylece "şimdi"yi yaşayamazsın...

Kahraman, ihtiyarın teklifini bir daha gözden geçirdi. Bu tuhaf adamın anlatacağı enteresan bir hikâye kendisini bu dünyadan biraz olsun alıp götürebilirdi. Kısa bir zaman sonra ölüp gideceğini birkaç saatliğine unutabilir, başka hayatların başka dertlerine ortak olabilirdi. Kafasını yaşlı adama doğru çevirdi. Adamın gözünde güneş gözlüğü olduğu için uyuyup uyumadığını kestiremedi.

"Amca!" diye sesledi. "Uyudun mu?"

Yaşlı adam, başını Kahraman'a çevirmeden cevapladı. "Geceleri uyuyamam."

"O zaman şu hikâyeni anlat bakalım."

Kahraman'ın daha önceki kabalıklarına aldırış etmeyen ihtiyar, konu hikâye olunca ciddileşti.

"Daha kibar sorarsan belki anlatırım."

Kahraman alay edercesine bir kibarlıkla, "Rica etsem şu mükemmel hikâyenizi anlatabilir misiniz efendim?" diye sordu.

İhtiyar, dünya kupası finalinde galibiyet golü atmış bir futbolcunun coşkusuyla, "O zaman biraz müzik!" diye haykırdı.

Kahraman daha fazla mızıka sesi duymaya katlanamayacaktı. "Bence gerek yok!"

İhtiyar itiraz etti.

"Ama bu eski bir hikâye, havaya girmemiz gerek."

Kahraman, ihtiyarı kaba saba konuşarak ikna edemeyeceğinin farkındaydı. Bu yüzden alttan almaya karar verdi.

"Hem mızıka çalıp hem hikâyeyi nasıl anlatacaksın?" diye sordu ve kendince bir espri patlattı.

"Yoksa senin iki ağzın mı var?"

İhtiyar bırakın gülmeyi, bunun bir espri olduğunu bile anlamamıştı. Öylesine sorulmuş bir soruyu cevaplarcasına, "Bir ağzım var" dedi.

Komodinin üzerindeki iPhone'unu aldı. "Bir tane de iPhone'um."

Telefondan "Ave Maria" isimli aryayı açtı.

Kahraman, genç bir kadının odayı avaz avaz dolduran sesini biraz dinledikten sonra, "Neyse" dedi, "mızıkadan iyidir."

Genç adam gözlerini yumdu. İhtiyarın hikâyesini dinlemeye hazırdı. İhtiyar başlama çizgisindeki bir atlet kadar konsantreydi. Derin bir nefes aldı. Ve hikâyesini anlatmaya başladı.

*"Ben, Erich Schwartz...1938 yılında Almanya'nın Münih şehrinde dünyaya geldim. Babam, Andreas Schwartz, 1940'lı yılların en büyük boksörüydü."*

# 2

Erich Schwartz'ın söyledikleri doğruydu. Babası Andreas Schwartz 40'lı yıllarda Almanya'nın, hatta dünyanın en iyi boksörüydü. Rakiplerine, hiç beklemedikleri anlarda indirdiği aparkat vuruşlar nedeniyle ona APARKAT lakabını takmışlardı. Ringde mağlubiyet yüzü görmemişti. Henüz yirmi sekiz yaşındaydı. Ve çıktığı yirmi dokuz maçın tamamını nakavtla kazanmıştı.

Andreas her maçtan önce karısı Hannah'ya o maçı kazanacağına dair söz verir ve sözünü de mutlaka tutardı. Beline kadar uzanan ipeksi sarı saçları ve iki iri zeytin tanesini andıran koyu siyah gözleriyle büyüleyici bir güzelliğe sahip olan Hannah, kocasının tek bir maçını bile izlememişti. Çünkü ona vurulan her yumruk darbesi sanki kendisine indiriliyordu. Yüreği buna dayanamayan kadın, kocası ringdeyken evde oturur ve onun maçı kazanması için dua ederdi.

Erich altı yaşına geldiğinde ise babası, her maçtan önce maçı kazanacağına dair artık oğluna söz vermeye başladı. O kara günün sabahında da oğluna söz vermiş ve o yıllardaki en dişli rakibi, "Sarışın Panzer" lakaplı ünlü Alman boksörle karşılaşmak için evden çıkmıştı.

Maçın yapılacağı salona geldiğinde vakit kaybetmeden soyunma odasının yolunu tuttu. Andreas'ı öz oğlu gibi seven yaşlı antrenör, genç adamın ellerine boks bandajı sarmaya başladı. Boksörler eldivenlerini giymeden önce bunu mutlaka yapmak zorundaydılar. Çünkü ellerine sarılan bandaj, bileklerinin burkulmasını önlüyordu. Andreas elleri sarılırken, her maç öncesi olduğu gibi, o maçtan önce de benliğinin tümüyle galibiyete konsantre olmuştu. Nefes alıp verişi duyulmasa onun bu dünyada olmadığı düşünülebilirdi.

***

Altı yaşındaki Erich, hep olduğu gibi radyonun başındaydı. Yaşı küçük olduğu için babası onu maçlarına götürmüyordu. Kocaman ahşap radyonun yayını ne zaman kesilse, küçük Erich sevinç çığlıkları atarak zıplamaya başlardı. Çünkü babası ne zaman kazanacak olsa yayını kesiyorlardı. Naziler, Yahudi bir boksörün, ari ırktan bir Almanı yendiğini kimsenin duymasını istemiyorlardı.

Erich radyonun dibine kadar girmiş, adeta nefes bile almadan maçın başlamasını bekliyordu. Annesi ise, elinde öksürdükçe kıpkırmızı kana boyanan beyaz mendiliyle, çağla yeşili koltukta uzanmış, kocası için dua ediyordu.

***

Yaşlı antrenör, bandaj işini bitirmişti. Boks eldivenlerini Andreas'ın ellerine geçirdi. İpleri bağlarken kapı açıldı. Dağ gibi bir SS subayı, arkasında iki askerle birlikte içeri daldı. Antrenör askerleri görür görmez ayağa kalktı. Onlara saygıyla karışık bir korkuyla bakıyordu. Andreas ise tamamen maça konsantreydi. İçeri girenleri umursamadı. SS subayının yanındaki iki askerden tıknaz olanı Andreas'a bağırdı. "Ayağa kalk!"

Andreas yerinden asla kaldıramayacağınız kocaman bir kaya gibi öylece duruyordu. Tıknaz asker tüfeğini Andreas'a doğrulttu ve az önce verdiği emri yineledi.

"Ayağa kalk!"

Antrenörün dizleri korkudan zangır zangır titremeye başladı. Andreas'ın ise kılı bile kıpırdamıyordu.

İki adam boyundaki yakışıklı SS subayı, tıknaz askerin tüfeğini parmaklarının ucuyla indirdi. Usulca Andreas'ın seviyesine eğildi. Ve koyu kahverengi gözlerini Andreas'ın gözlerinin içine dikti.

"Maçı kaybedeceksin."

Andreas, okyanus mavisi gözlerini SS subayından bir an olsun kaçırmadı. Subay, öğrencisine dersi anlayıp anlamadığını soran bir öğretmen gibi, "Tamam mı?" diye sordu.

Andreas cevap vermedi.

Subay yaptıklarından asla pişman olmayacak, soğukkanlı bir katili andırıyordu. Andreas'a iyice yaklaştı. Genç adamın kulağının dibine girdi.

"Anladığını varsayıyorum" diye fısıldadı.

Sonra yanındaki iki askerle birlikte odadan çıktı gitti.

***

Müsabaka başlayalı sekiz dakika olmuştu. Andreas, Sarışın Panzer lakaplı rakibinden arka arkaya yumruklar yiyor, yine de ayakta kalmaya çalışıyordu. Yediği sol kroşe yüzünden alt dudağı patlamış, yüzüne gelen direkt vuruş ise sağ gözünü morartmıştı.

Arkadaşlarının arasında kasıla kasıla oturan SS subayı, Andreas'a söz dinletmenin haklı gururunu yaşıyor, mutluluktan ağzı kulaklarına varıyordu.

***

Maçı radyodan anlatan spikerin heyecan dolu sesi, Andreas'ın mütevazı evinin şirin salonunda bangır bangır yankılanıyordu. Babasının arka arkaya yumruklar yediğini duyan Erich, heyecan ve endişeden yerinde duramıyor, radyodan birkaç metre ötede bir sağa bir sola volta atıp duruyordu.

Hannah ise bir yandan kocası için dua ediyor, bir yandan da volta atan oğlunu izliyordu. Zavallı kadın yine öksürdü. Beyaz mendili yine kıpkırmızı kan oldu.

***

Yüzüne aldığı yumruk Andreas'ın burnunu fena kanatmıştı. Bunu gören antrenörü havlu atıp maçı bitirmek istedi. Ama Andreas ona eliyle durmasını işaret edince vazgeçmek zorunda kaldı. Andreas midesine yediği yumrukla geriye doğru çekildi ve ringin iplerine yaslandı. Sonra o andan, maçtan, ringden, arka arkaya yediği yumruklardan, kendisini çılgınca yuhalayan binlerce seyirciden uzaklaştı. Ve dün geceye, oğluna söz verdiği âna döndü.

Erich'in kuş cıvıltısını andıran tatlı sesi kulaklarında yankılandı. "Baba yarın maçı kazanacaksın, söz mü?"

Andreas oğluna sarıldı. Dudaklarını, ipeksi sarı saçlarına gömdü. "Söz oğlum" dedi, "kazanacağım."

Andreas karaciğerine yediği sağ kroşeyle az önce daldığı tatlı hayalden uyandı. Bir adım geriye çekilip Sarışın Panzer'e sağlam bir sol kroşe indirdi. Sonra bir sağ...

***

Erich kulağını radyoya dayamış maçı dinliyordu. Spikerin sesi az önceki heyecandan yoksundu. Ama maçı anlatmak zorundaydı.

*"Evet, Andreas Schwartz atağa kalktı. Yumruklarını arka arkaya indiriyor. Her an o meşhur aparkatlarından birini indirebilir."* Derken... Radyonun yayını aniden kesildi. Babasının maçı kazandığını anlayan Erich mutluluktan havalara uçuyordu.

"Yayını kestiler!"

Hannah öksürükten fırsat bulabildiği anlarda dualarını kabul eden Tanrı'ya şükürler ediyordu.

Erich koştu. Annesine sarıldı. "Kazandı anne, babam kazandı!"

Hannah ağzına dolan kanı dışarı taşırmamaya çalışarak, "Evet oğlum" dedi. "Baban yine kazandı."

***

Andreas yine rakibinin hiç beklemediği anda o meşhur aparkatlarından birini çıkarmış ve Sarışın Panzer'i adeta bir bok çuvalı gibi yere sermişti. Hakem dokuza kadar saymayı bile beklemeden maçı bitirdi. Çünkü Sarışın Panzer'e çok acil doktor müdahalesi gerekiyordu. Hakem maçı nakavtla kazanan Andreas'ın sağ elini havaya kaldırdığında, aşağılık bir Yahudinin, ari ırktan bir Almanı yenmesini hazmedemeyen binlerce Nazi, Andreas'ı yuhalıyordu.

Seyircilerin arasındaki SS subayının yüzü ise sinirden kıpkırmızı kesilmişti. Subay, yanındaki iki askere başıyla gitmelerini emretti. Askerler hemen kalkıp alelacele yola koyuldular. Andreas'ın evine gideceklerdi.

***

Andreas maç biter bitmez salondan ayrıldı. Acelesi vardı. Biriyle buluşacaktı. Köşe başındaki pastanenin önüne geldi. Dükkânın camından yansıyan yüzüne baktı. Dudakları patlamış, gözleri morarıp kan toplamıştı. Ama hiçbiri umurunda değildi. Yüzünde kocaman bir gülümseme belirdi. SS subayının sözünü dinlemeyip Sarışın Panzer'i nakavt ettiği için mutluydu. Nazilerin tehdidine boyun eğip yenilseydi, kendisine umut bağlayan yüz binlerce soydaşını hayal kırıklığına uğratmış olacaktı. Nazilerin, Yahudileri toplama kamplarına götürdüğü dilden dile yayılmıştı. Ancak bu kampların Naziler tarafından lanse edilen o zamanki ismi, "Çalışma Kampları"ydı. Bu kamplara götürülen Yahudiler orada başlarına geleceklerden tamamen habersizdi. Birçoğu çalışmaya gittiklerini zannediyordu. Ama aslında çok ağır şartlar altında, ölünceye dek çalıştırılıyorlar ya da gaz odalarında zehirlenerek katlediliyorlardı. Naziler ise yaptıkları yoğun propagandalar sayesinde pisliklerini gizlemeyi başarıyorlardı.

Andreas, soydaşlarının toplama kamplarında öldürüldüklerine inanıyordu. Bu yüzden de halkı bir damla umuda muhtaçken kendisi ringde mağlup olamazdı. Nazileri çok kızdırmıştı. Ve bunun intikamını alacaklarını çok iyi biliyordu. Onu bir köşe başında kıstırıp kafasına sıkabilirler ya da yakalayıp işkenceyle öldürebilirlerdi. Naziler tüm bunları yapacak kadar acımasızlardı. Ancak hemen yapacak kadar aptal değillerdi. Andreas'ı maçtan hemen sonra öldüremezlerdi. Bunu yapmak için en az birkaç hafta bekleyeceklerdi. Andreas bunu biliyordu. Bu yüzden de Almanya'dan kaçış planını en geç bir hafta içerisinde hayata geçirecekti.

Karısını ve oğlunu alarak Amerika'ya gidecek, orada ailesine yepyeni bir hayat kuracaktı. Kaçış planını hayata geçirmeden önce karısı için gerekli ilaçları almak zorundaydı.

Bu yüzden maçtan çıkar çıkmaz, karaborsacıyla buluşacağı köşe başına gelmişti. Saatine baktı. Adamı yaklaşık yirmi dakikadır bekliyordu. Sabaha kadar beklemesi gerekse bile bunu yapacaktı. Hasta karısının Amerika yolculuğuna dayanabilmesi için o ilaçları mutlaka kullanması gerekiyordu.

Neyse ki Andreas'ın daha fazla beklemesine gerek kalmadı. Uzun ince bir dal parçasını andıran karaborsacı, kalabalığın arasından, siyah bir çöl yılanı gibi sıyrılarak Andreas'ın yanına geldi. Tek kelime etmeden ceketinin içinden bir kesekâğıdı çıkardı ve Andreas'a uzattı. Andreas kesekâğıdının içindeki ilaç şişesini kontrol etti. "Diğeri nerede?"

Karaborsacı, Andreas'a ters ters baktı. "Bunu getirdiğime şükret."

Karaborsacı yakalandığında öldürüleceğini bildiği için çok korkuyordu. Bu yüzden de Andreas'ın yanından bir an evvel uzaklaşmak istiyordu. Korkunun verdiği acelecilikle, "Paramı ver" dedi.

Andreas boks malzemelerini koyduğu kırmızı, spor çantadan büyükçe bir kesekâğıdı çıkarıp verdi.

Karaborsacı kesekâğıdını şöyle bir tarttı. "Ne kadar var burada?"

"Anlaştığımız kadar."

"Biraz daha vereceksin."

Andreas hiç itiraz etmeden cebindeki tüm parayı çıkarıp adama uzattı.

"Diğer ilacı ne zaman getireceksin?"

Karaborsacı, Andreas'ın sorusunu cevaplamadı. Parayı alır almaz kaçarcasına uzaklaştı. Uzun ince bacaklarıyla hızlı hızlı yürürken, bir yandan da kendi kendine söyleniyordu.

"Diğer ilacı ne zaman getirecekmişim! Tanrı bilir dostum, sadece Tanrı!"

Andreas kan çanağı olmuş gözleriyle karaborsacının arkasından baktı. Adamın söylediklerini duymuştu. Ona hak verdi. Bu aralar onlara sadece Tanrı yardım edebilirdi. Yorgunluktan bitmiş bacaklarını ağır ağır sürüyerek yola koyuldu.

Bir rehinci dükkânının önünden geçerken vitrindeki mızıkayı gördü. Gömleğinin cebini yokladı. Karaborsacıdan kurtarabildiği biraz parası vardı. Dükkâna doğru yollandı. Mızıkayı satın alıp oğluna hediye edecekti.

***

Erich'in zafer kutlamaları mütevazı evlerinin şirin salonunda devam ediyordu. Küçük çocuk ufacık ellerini yumruk yapmış babasını taklit ediyor, karşısındaki hayali rakibi pataklayıp duruyordu. Bunu yaparken de radyo spikerinden öğrendiği anonsları tekrar ediyordu.

"Erich yumruklarını arka arkaya sıralamaya başladı. Vuruyor, vuruyor! Ve sonunda bir aparkat! Erich, rakibini yere seriyor!"

Hannah, oğlu Erich'i yorgun ama gülen gözlerle izliyordu. Kollarını babası gibi havaya kaldırıp zafer çığlıkları atan yavrusuna sarılmak istedi. Yanına çağırmak için ağzını açmıştı ki çalan kapının sesiyle bir an durdu.

Erich de kapı sesini duymuştu.

"Babam geldi!" diye haykırarak hemen kapıya koştu.

Bir sincabın çevikliğiyle kapıyı açtı. Ama karşısındaki babası değil, iki SS askeriydi. Ufaklığın yüzündeki gülümseme dondu kaldı. "Babam nerede?"

Askerlerden tıknaz olanı diğerine emretti. "Götür şunu!"

Emri alan asker, kaçmasına fırsat vermeden Erich'i kollarından yakaladı. Küçük çocuk, ağa takılmış bir balık gibi çırpınıp duruyordu. "Bırak beni! Bırak!"

Hannah, oğlunun sesini duydu. Çağla yeşili koltuktan güçlükle doğrulup kapıya yürüdü.

Erich'i kıskıvrak yakalayan SS askeri, zavallı çocuğu evden dışarı taşıdı. Kapıya doğru gelen Hannah, oğlunun götürüldüğünü gördü. Hastalığı yüzünden zar zor çıkan sesiyle haykırmaya çalıştı. "Bırakın oğlumu!"

Hannah'ın sesini duyan tıknaz asker kafasını kaldırdı ve kendisine doğru gelen kadını gördü.

Hannah kenarından kan süzülen dudaklarıyla yeniden haykırmaya çalıştı.

"Bırakın oğlumu!"

Tıknaz asker belinden silahını çıkardı. Ve bir an bile tereddüt etmeden Hannah'ya ateş etti. Kafasından vurulan kadın, adeta boş bir çuval gibi yere yığıldı. Tıknaz asker, az önce birini öldürmemişçesine soğukkanlıydı. Kapıyı çekip evden çıktı. Merdivenlerden hızla inerek apartmanı terk etti. Binanın önünde kendisini bekleyen askeri araca bindi. Gittiler.

Onlar gittikten on beş dakika sonra Andreas, Erich'e aldığı mızıkayı çala çala dairelerine giden merdivenlerden çıkıyordu. Ne oğlunun kaçırıldığından haberi vardı, ne de karısının öldürüldüğünden...

Kapıyı çaldı. Biraz bekledi. Açan olmadı. Pantolonunun cebinden anahtarını çıkardı. Kilidi açtı. Kapıyı usulca iteledi. Yerde kanlar içinde yatan karısını gördü. Hemen yanına koşup diz çöktü. Başını kucağına aldı. Zavallı karısının ipeksi, sarı saçları, kıpkırmızı kana bulanmıştı. Ringlerde binlerce yumruk yiyip de bir ah bile demeyen Andreas işte o an acı acı haykırmaya başladı.

"Hannah! Hannaaah!"

Genç adam haykırıyordu. Çünkü bu sefer acıyan kasları değil yüreğiydi. Karısına sımsıkı sarıldı. Öldüğüne inanmak istemiyordu. "Uyan Hannah, nolur uyan!"

Sanki bir ses duyacakmışçasına başını karısının kalbine yasladı. Çıt çıkmıyordu. Yüreğinin ta içinden gelen o acı dolu haykırış evin duvarlarında bir kez daha yankılandı.

"Hannaaah!"

## 3

Hastane odası derin bir sessizliğe gömülmüştü. Kahraman, ihtiyar Erich'in anlattıklarından çok etkilenmişti. Bunda İkinci Dünya Savaşıyla ilgili, özellikle Yahudi soykırımını anlatan filmleri çok sevmesinin de etkisi büyüktü. *Schindler'in Listesi, Hayat Güzeldir, Piyanist*... Bu filmleri izledikten sonra uzun süre etkilerinden kurtulamamıştı.

Gözlerini açıp ihtiyara baktı. Hikâyenin devamını dinlemek istiyordu. Ancak ihtiyar Erich, başparmağıyla işaretparmağı arasına aldığı mızıkayı usul usul okşuyor, sanki hikâyenin devamını anlatmak için Kahraman'dan bir işaret bekliyordu. Kahraman, Erich'in elindeki mızıkaya baktı.

"Bu sende olduğuna göre, baban seni bulmuş olmalı" dedi. Erich, Kahraman'a cevap vermedi.

Hikâyenin devamını çok merak eden Kahraman, hikâyeyle ilgili gereksiz tahminlerde bulunmak yerine açık ve net sorular sorması gerektiğinin farkına vardı. "Baban seni nasıl buldu?"

Erich beklediği soruyu duymuşçasına, derin bir nefes aldı. Ve hikâyesini anlatmaya devam etti.

*"Babam, Amerika'ya kaçma imkânı olmasına rağmen kaçmamış. Her yerde beni aramış. Yahudileri gettolardan toplama kamplarına götürdüklerini öğrenince, benim de onlardan birinde olabileceğimi düşünmüş ve bilerek SS'lere yakalanmış. Karlı bir şubat sabahında onu toplama kampına gidecek olan trene bindirmişler..."*

## 4

Esirleri toplama kampına götüren tren tıklım tıklımdı. Cam yerine dikenli tellerle örtülü tahta pencerelerden içeri lapa lapa kar taneleri giriyordu. Biraz olsun ısınabilmek için birbirine sarılmış olan esirler, soğuktan tir tir titriyorlardı. Gencecik bir annenin henüz üç aylık bebeği kucağında donarak can vermişti. Kadıncağız soğuktan ağlayamıyordu bile... Andreas paltosunu üzerine kar taneleri yağan genç anneye siper etti. Bir süre sonra, kadıncağızın kucağındaki cesedi görmemek için başını diğer yöne çevirmek zorunda kaldı. Ölü bebeği gördükçe aklına biricik oğlu Erich geliyor, oğlunu bulacağına dair taşıdığı umut örseleniyordu.

Andreas, oğlunu bulmaya çalışmanın samanlıkta iğne aramaktan farksız olduğunu biliyordu. Ama şansını sonuna kadar denemeye kararlıydı.

Kendisi bir boksördü. Hiçbir zaman pes etmemiş ve bir kez bile mağlup olmamıştı. O, yumruklarıyla dünyayı sallayan bir adamdı. Hem hayatın bokstan ne farkı vardı ki? Eğer dünya bir ringse yaşamak da dövüşmek değil miydi? Andreas bu hayatta en iyi bildiği şeyi yapacak, oğlunu bulmak için kanının son damlasına kadar savaşacaktı. Onun toplama kampında, açlık, sefalet ve işkence içinde ölmesine asla izin vermeyecekti.

***

Tıklım tıklım dolu vagonda soğuktan tir tir titreyen esirlerin sesi, raylarda ilerleyen demir tekerleklerin sesine karışırken, toplama kampının komutanı Werner Lorenz'in ofisinde her zamanki gibi çıt çıkmıyordu. Bir yerin bu kadar sessiz olabilmesi için ya uzayda, yani havasız bir yerde olması gerekiyordu ya da o odanın içinde Werner'in olması...

Otuz beş yaşındaki Werner, o kocaman sessizliğin içerisinde masasında oturmuş, gözlerini önündeki daktiloya takılı boş kâğıda dikmiş, öylece bakıyordu. Anılarını anlatacağı kitabı yazmaya nasıl başlayacağını düşünüyordu. Kitabının adı ne olmalıydı?

*"WERNER LORENZ'İN HAYATI"*

Yok, bunu beğenmedi. Kitabın ismi kendi adından çok, yaşadıklarına vurgu yapmalıydı. Başlığı gören herkes onun ne kadar başarılı bir boksör olduğunu hemen anlamalıydı.

Werner simsiyah gözlerini daktiloya takılı kâğıttan aldı ve karşı duvarda asılı yağlıboya tabloya dikti. Tabloda kendisi boks kıyafetleri ve eldivenleriyle, boy ölçekte resmedilmişti. Beline bağlı altın kemerde ise iri harflerle *"ŞAMPİYON"* yazıyordu. Werner bulacağı başlıkta bu kelimenin mutlaka geçmesine karar verdi. Gözlerini tablodan aldı ve yeniden daktiloya takılı boş kâğıda dikti. Kitabının ismini bulmuştu. Bir piyanistinkileri andıran uzun, ince ve bakımlı parmaklarıyla anılarını anlatacağı kitabının başlığını yazmaya koyuldu:

*"BİR ŞAMPİYONUN ANILARI"*

Yazdığı başlığa şöyle bir baktı. Yüzünde memnuniyet dolu bir ifade belirdi. Daktiloya usulca satır attırdı. Kitabını yazmaya başlayacaktı ki bodrum kattan gelen bir sesle irkildi. İşkence gören esirlerden biri yine acı acı haykırıyordu.

"Aaaaaaa!"

Werner tüm konsantrasyonunu darmadağın eden bu sese çok sinirlenmişti. Sandalyesinden usulca kalktı. Sessiz adımlarla ofisinin kapısına doğru yürüdü. Kapıyı yavaşça açtı. Dışarı çıktı. Ve kapıyı ses çıkarmamaya dikkat ederek kapatıp, bodrum kata doğru yollandı.

Sarı, loş lambalarla aydınlatılmış dik bir merdivenden aşağı indi. Uzun ince, yarı karanlık holden geçip holün sonundaki kapıya geldi. Kapıyı usulca açarak içeri girdi. Werner'in girdiği oda yirmi beş metrekarelik, yerleri çamur, duvarları kanla kaplı bir işkencehaneydi. Tamamen çıplak beş erkek esir bir köşeye sinmiş, işkence görmek için sıralarını bekliyorlardı. Kırk, kırk beş yaşlarında çırılçıplak soyulmuş diğer bir esir de Filistin askısına bağlanmış öylece duruyordu. İki SS askerinden biri omzundaki tüfekle nöbet tutuyor, diğeri ise elindeki penseyle Filistin askısındaki esirin tırnaklarını çekiyordu.

Zavallı esir acı içinde bağırdı. "Aaaaaa!"

Werner, esirin acı dolu haykırışını duyunca çılgına döndü. Ancak o, her zaman alçak sesle konuşmayı tercih eden bir adamdı. İşkenceci askerin kulağına doğru yaklaştı. Werner'in geldiğini görmeyen asker, ensesindeki nefesi hissedince korkuyla irkildi. Arkasını dönüp Werner'i gördüğündeyse hemen hazır ola geçip selamı çaktı.

"Komutanım!"

Werner usulca attığı birkaç adımla askerin burnunun dibine kadar girdi. Sinirlerine hâkim olmaya çalışarak fısıldadı. "Size bu işi sessiz halletmenizi söylemedim mi?"

İşkenceci asker, Werner'in net cevaplardan hoşlandığını biliyordu. "Söylediniz efendim."

Werner, Filistin askısındaki esiri gözleriyle işaret ederek, "O zaman bu neden bağırıyor?" diye sordu.

Asker meramını nefes almadan, bir çırpıda anlatıverdi.

"Bu işi sizin gibi yapamıyoruz efendim. Kürek kullandığımızdaysa bayılıyorlar."

Werner askıdaki esire doğru usulca yaklaştı. Kan revan içindeki adamı çenesinden tuttu. En zayıf noktayı arıyormuşçasına yokladı. Aradığı yeri buldu. Üniformasının ceketini çıkarıp işkenceci askere verdi. Gömleğinin kollarını özenle sıyırdı. Kendisini adeta nefes almadan izleyen askerlere döndü.

"Dikkatli izleyin."

Askerler gözlerini fal taşı gibi açarak Werner'i izlemeye koyuldular. Werner sağ yumruğunu sıktı. Vuruş provası yapar gibi esirin çenesine birkaç küçük dokunuş yaptı. Hiç kimsenin beklemediği bir anda adama çok sağlam bir yumruk çaktı!

Esirin kırılan çene kemiğinin sesi işkencehanenin kanla sıvalı duvarlarında yankılandı. Werner avucunu açtı. Komutanının bunu niçin yaptığını bilen asker, penseyi hemen Werner'in avucuna koydu. Werner, esirin tırnaklarını bir bir çekmeye başladı. Çenesi tuzla buz olan zavallı esir bağıramıyordu. Werner tüm tırnakları söktükten sonra penseyi askere geri verdi. Gömleğinin kollarını düzeltirken, "Çenelerini kırın" dedi. "Kırın ki bağıramasınlar."

Bir an ne cevap vereceğini bilemeyen asker, "Elimizden geleni yapıyoruz efendim" diye geveledi.

Werner, nöbetçi askerden ceketini alıp giydi. "Bunların sesini bir daha duymak istemiyorum." İşkenceci asker hazır ola geçti.

"Emredersiniz efendim!"

Werner adeta bir hayalet gibi geldiği işkencehaneden sanki yürüyormuş değil de, uçuyormuşçasına çıktı gitti.

***

Odasında yeniden daktilosunun başına oturdu. Bulduğu başlık kafasını açmış, neşesini yerine getirmişti. Şöyle bir gerindi. Ve aklına gelen ilk satırları kâğıda dökmeye başladı.

*"Ben Werner Lorenz. On altı şubat bin dokuz yüz sekiz tarihinde, Almanya'nın Münih şehrinde dünyaya geldim. Doğduğumda avuçlarım sımsıkı kapalıymış. Babam bu nedenle doğuştan bir boksör olduğumu söyler durur. Benimle her zaman gurur duymuş olan babam, pek de haksız sayılmaz..."*

Satırlar, Werner'in bakımlı parmaklarından önce tuşlara, oradan da daktiloya takılı beyaz kâğıda yağ gibi akıp gidiyordu. Ta ki o lanet olası ses, odanın içinde yeniden yankılanıncaya dek...

"Aaaaaa!"

İşkencehaneden gelen acı dolu haykırış, Werner'i bu defa fena sinirlendirmişti. Hemen aşağı inecek ve bu sefer esirin değil o geri zekâlı askerin çenesini kıracaktı. Çok sinirli olmasına rağmen, sandalyesinden usulca kalktı. Kapıya doğru ağır adımlarla yürüdü. Odasından çıkacaktı ki toplama kampına giriş yapan trenin düdüğünü duydu.

Pencereye yürüyüp camdan dışarı baktı. Yahudi esirleri getiren treni gördü. İşkencehaneye inmekten vazgeçti.

***

Esirlerden oluşan altı kişilik orkestra, tren durur durmaz şeflerinden aldıkları talimatla neşeli bir şarkı çalmaya başladı. Bu, toplama kampına gelen Yahudileri ürkütmemek için, Nazilerin bulduğu dâhiyane fikirlerden biriydi. Kamplardaki yaşam koşullarına dair çok kötü şeyler duyan Yahudileri, aslında buraların duydukları gibi kötü yerler olmadığına inandırmak istiyorlardı. Müziğin neşeli ezgilerini duyan esirler, biraz olsun rahatlamışlardı. Tuzağa kendi ayaklarıyla giden sincaplar gibi trenden inmeye başladılar. Lapa lapa kar yağıyordu. Ve çoğunun ayakları çıplaktı. Silahlı SS'ler ve Kapolar* onları ürkütmeden sıraya sokmaya çalışıyorlardı.

"Kadınlar sağa, erkekler sola!"

Trenden inen kadınlı erkekli kalabalık, sağa sola ayrılmaya başladı. İnsan selinin içindeki Andreas önündeki yaşlı amcayı kolundan yakaladı.

"Çocukları nereye götürdüklerini biliyor musun?"

Omzu tüfekli bir SS askeri, amcanın soruyu yanıtlamasına fırsat vermedi.

"Aranızda konuşmayın!"

Andreas, askerin gözetiminden kurtulmak için, tek sıra halinde kuyruk olmaya çalışan esirlerin yanına doğru yollandı.

***

Ofisinin penceresinden aşağıdaki kargaşayı izleyen Werner, kalabalığın içindeki Andreas'ı gördü. Aparkat lakaplı, ünlü boksör Andreas Schwartz'ı tanımıştı.

***

*) Toplama kampındaki esirleri denetlemeleri için özel olarak seçilen ve görevlendirilen, kendileri de Yahudi olan grup. (e.n.)

Andreas tek sıra olmuş esirlerin en arkasındaydı. Önündeki adamın kulağına eğilip sordu.

"Çocukları nereye götürdüklerini..."

Sorusunu tamamlayamadı. Az önce onu uyaran SS, tüfeğinin kabzasıyla Andreas'ın karnına vurmuştu.

"Aranızda konuşmayın dedim!"

Andreas acı içinde öksürmeye başladı. Ama kendini çabuk toparladı. Bu tür darbelerin çok daha sertlerini yemişti. Kendisine vuran SS askerine döndü.

"Beni yıkmak için daha sert vurmalısın."

Andreas'ın kendisiyle bu şekilde konuşmasına çok sinirlenen asker, tüfeğinin kabzasını bir kez daha Andreas'ın karnına indirecekti ki Werner'in sesini duydu.

"Yapma!"

Werner yanında iki SS subayıyla birlikte o tarafa doğru geliyordu. Tüfeği havada kalan asker, onları gördü. Hemen selam durdu.

Werner küçük bir baş işaretiyle askere oradan uzaklaşmasını emretti. Andreas'a doğru yaklaştı. Ve alçak sesle sordu.

"Adın ne?"

"Andreas Schwartz."

Werner, Andreas'ı baştan aşağı şöyle bir süzdü. "Sen şu ünlü boksörsün, değil mi?"

"Ünlü olup olmadığımı bilmiyorum ama boksör olduğum doğru."

Werner, Andreas'ın verdiği kinayeli cevaba aldırış etmedi. Sohbeti fazla uzatmadan konuya girmek istiyordu.

"Tek yumrukta çene kırabilir misin?"

"Defalarca kırdım."

Werner, Andreas'a vereceği görevi açıklayacaktı ki biraz ileride esirlere havlayan köpeğin sesini duydu. Yanındaki askerlerden esmer olana döndü.

"Şu köpeği sustur."

Asker hemen köpeğin yanına koştu.

Werner Andreas'a bir adım daha yaklaştı. Gözlerini adamın gözlerinin içine dikti.

"Burada sana göre bir iş var."

"Ne tür bir iş?"

"Bol bol çene kıracaksın."

Andreas, Werner'in kendisine bir teklifte bulunduğunu anlamıştı. Bu durumu, oğlunu bulmak için bir fırsata dönüştürebilirdi.

"Çocuklar" dedi, "onları nereye götürüyorsunuz?"

Werner, bir esirin kendisine soru sormasını hazmedemedi.

"Bu seni ilgilendirmez."

Andreas, ondan korkmuyordu.

"Oğlum..." dedi, "onu götürdüler. Eğer oğlumu buraya getirirsen, her istediğini yaparım."

Werner, Andreas'ın pazarlık yapmaya çalıştığını anladı. Yüzünde belli belirsiz, alaycı bir gülümseme belirdi.

"Burada pazarlık şansın yok" dedi. "Sana zaten her istediğimi yaptırabilirim."

Andreas kararlı gözlerini Werner'inkilerden ayırmadı.

"Yaşamak için tek bir sebebim var, eğer onu elimden alırsan beni öldürmek zorunda kalacaksın."

Werner daha önce hiçbir esirle pazarlık yapmamıştı. Andreas'la da yapmayacaktı. Bu ukala herifi nasıl yola getireceğini çok iyi biliyordu.

Yanındaki askere döndü. "Bunu hücreye atın!"

Asker tüfeğinin namlusuyla Andreas'ı dürttü. "Yürü!"

Andreas askerin önüne düştü. Yürümeye başladılar. Arkalarından sinirli gözlerle bakan Werner, esirlere kudurmuşçasına havlayan köpeğin sesini duydu. Az önce onu susturmak için giden asker, hayvanı bir türlü zapt edemiyordu.

Werner seri adımlarla köpeğin yanına geldi. Silahını çıkardı. Bir an bile düşünmeden kafasına sıktı. Zavallı hayvan inlemeye bile fırsat bulamadan yere yığıldı. Werner silahını yerine koydu. Kolundaki saate baktı. Akşam yemeği vakti gelmişti.

## 5

Werner, karısı, iki çocuğu ve ihtiyar babasıyla birlikte toplama kampının biraz ilerisindeki iki katlı, ahşap villada yaşıyordu. Tüm aile her akşam aynı saatte, aynı masada oturur, hep birlikte akşam yemeği yerdi. Werner için bu akşam yemekleri, aileyi bir araya toplayan kutsal bir ayin gibiydi. Ancak babası onlarla yaşamaya başladığından beri bu kutsallığa gölge düşmüştü. Huysuz ihtiyar, adabı muaşeret kurallarına uymuyor, yaptığı yerli yersiz konuşmalarla Werner'i ailesinin önünde küçük düşürüyordu.

O akşam da masada her zamanki gibi derin bir sessizlik vardı. Ve bu derin sessizlik Werner'in babasının höpürdeterek içtiği çorba yüzünden her zamanki gibi darmadağın oldu.

Babasının çıkardığı iğrenç höpürtüyü duyan Werner, yaşlı adama öldürecekmiş gibi bakıyordu. Werner'in bakışlarını fark eden karısı, kayınpederini sessizce uyardı.

"Çorbanızı ses çıkarmadan için lütfen."

Huysuz ihtiyar fazla puro içmekten böğürür gibi çıkan sesiyle, "İçemem" dedi, "çok sıcak!"

Werner'in karısı alt perdeden çıkarmaya çalıştığı nazik bir ses tonuyla, "O zaman üfleyin" dedi.

Huysuz ihtiyar, gelininin sözünü dinleyip kaşığındaki çorbayı üfledi. Ancak o kadar sert üflemişti ki hem höpürtüden daha iğrenç bir ses çıkmış hem de çorba bembeyaz masa örtüsüne dökülüp ortalığı berbat etmişti.

Babalarının sinirden dişlerini sıktığını gören çocuklar, sırtlarını sandalyelerine iyice yaslayıp, kaşıklarını masaya usulca koydular. Az sonra bir fırtına kopabilir, dedelerine sinirlenen babaları, bir bahane bulup hıncını onlardan çıkarabilirdi. Fırtına öncesi sessizliği hisseden anneleri masadaki elbezini aldı. Örtüyü çabuk çabuk silmeye başladı. Bunu yaparken kocasıyla göz göze geldiler. Werner, karısına, babasının önündeki çorbayı almasını işaret etti. Kadın, kayınpederinin önündeki kâseyi almak istedi. Ancak huysuz ihtiyar kadının eline yapıştı.

"Daha bitirmedim."

Kadın fısıldar gibi bir sesle, "Karnınızı bununla doyurmayın, daha rosto var" dedi. İhtiyarın önündeki çorbayı çevik bir el hareketiyle aldı. Ve yerine bir tabak rosto koydu.

Huysuz ihtiyar rostosunu yemeye başladı. Bu sefer de bataklıkta yürüyen mandalar gibi ses çıkartıyor, ağzını şapırdatıp duruyordu.

Werner için bu kadarı çok fazlaydı. Sinirinden elindeki çatalı sıkmaya başladı. Korkularından lokmalarını çiğnemeden yutan çocuklar, adeta nefes bile almıyorlardı. Çocukların halini gören anneleri, Werner'in dikkatini başka yöne çekmek için, "Kitabın nasıl gidiyor?" diye sordu.

Kadın tam on ikiden vurmuştu. Werner'in dikkatini babasından ayıracak daha iyi bir soru olamazdı. Çatalı sıkan eli gevşedi. Yüzünde gurur dolu bir gülümseme belirdi.

"Kitabımın başlığını buldum" dedi.

Sonra ellerini iki yana açarak ekledi.

*"BİR ŞAMPİYONUN ANILARI"*

Kadın, kocasının neşesini yerine getirmek için, "Çok güzel" dedi, "hatta muhteşem!"

Huysuz ihtiyar, ağzında geveleyip durduğu rosto parçalarını göstere göstere, "Şampiyon mu?" diye sordu. "Hangi şampiyon?"

Werner'in altı yaşındaki oğlu, babasının daha fazla sinirlenmesini istemiyordu.

"Babam! O bir şampiyon!"

İhtiyar yağlı ağzını kolunun tersiyle sildi ve torununa döndü.

"Şampiyon olmak için başka bir şampiyonla dövüşmeli ve onu yenmelisin evlat. Senin baban ayakta bile duramayan birkaç zavallıyla dövüştü. Onlara bile az kalsın yeniliyordu."

Oğlan ürkek gözlerle babasına baktı.

Werner sinirlerine hâkim olmalı, mantıklı cümleler kurarak babasının iddialarını çürütmeliydi. Karısına ve çocuklarına mahcup olmamak için bunu yapmalıydı. Sevecen olmaya çalışan ama bunu asla başaramayan duygusuz gözlerle oğluna baktı.

"Büyükbaban benim hiçbir maçımı izlemedi evlat, bu yüzden söylediklerine aldırış etme."

Huysuz ihtiyar, başını sallayarak oğlunu onayladı.

"Doğru, babanın hiçbir maçını izlemedim. Çünkü o sıralar şampiyonların maçlarını izliyordum. Gerçekten yumruk atan ve yiyen boksörlerin maçlarını... Senin baban hayatı boyunca kum torbasından başka hiçbir şeyi doğru dürüst yumruklamadı."

Werner'in oğlu yapmacık mı yoksa samimi mi olduğu anlaşılamayan bir sinirle itiraz etti.

"Yalan söylüyorsun! Benim babam bir şampiyon! Gazetede resimlerini gördüm."

İhtiyar alaycı bir kahkaha patlattı.

"Okumayı öğrendiğinde o resimlerin altında yazanları da oku. Ya da istersen ben sana okuyabilirim."

Werner'in dokuz yaşındaki kızı, o resimlerin altındaki yazıları okumuştu. Bu yüzden babasını savunup yalancı durumuna düşmek istemiyordu. Olan biteni ses çıkarmadan izlemekle yetinecekti.

Werner'in oğlu ise büyükbabasının söylediklerini kabullenmek istemiyordu.

"Gazetede babamın şampiyon olduğu yazıyor!"

İhtiyar katıla katıla gülmeye başladı. Werner elindeki çatalı babasının boğazına batırmak istiyordu. Ama o an böyle bir tepki vermesi kendisini haksız duruma düşürecekti. Babasının amacının bu olduğunu biliyordu. Bu aşağılık ihtiyar, Werner'i küçük düşürebilmek için canını bile verirdi. Werner aralarındaki psikolojik savaşı kaybetmemek için sakin olmalıydı. Çok zorlansa da sinirlerine hâkim olmayı başardı. Elindeki çatalı masaya koydu. Katıla katıla gülmeye devam eden babasına döndü.

"Doyduysan masadan kalkabilirsin."

Gülmekten kıpkırmızı kesilen ihtiyar, su dolu bardağı tepesine dikti. Ara vermeden, lıkır lıkır içti. Ağzını yine kolunun tersiyle sildi.

"Seni kırmak istemezdim ama tatlı yemeyi düşünüyorum."

Werner'in karısının eline, ihtiyarı masadan yollamak için iyi bir fırsat geçmişti.

"Bu akşam tatlı yok."

İhtiyar ceketinin iç cebinden kocaman bir paket çikolata çıkardı. "Senin berbat tatlını isteyen kim?"

Paketin jelatinini haşur huşur sıyırdı. İçi fındık dolu çikolatadan kocaman bir parça ısırıp şapur şupur yemeye başladı. Werner'in oğlu ve kızı yutkunarak dedelerine bakıyorlar ama babalarından korktukları için çikolatadan isteyemiyorlardı.

Babasıyla girdiği psikolojik savaşta çok yara alan Werner, masada biraz daha otursaydı savaşı kaybedecekti. Bu yüzden tek kelime dahi etmeden kalktı. Yaşadıklarının acısını karısından çıkarmak için yatak odasına doğru yollandı.

***

Werner, bacaklarını açıp çaresizce teslim olmuş karısının üzerinde gidip geliyordu. Onunla böyle tecavüz eder gibi sevişerek, yemek masasında yaşadığı hezimetin acısını unutmaya çalışıyordu. Ama bu akşam yaşadığı mağlubiyet aklından çıkacak gibi değildi.

"İhtiyarın yemeğini ben gelmeden ver, bizimle aynı masaya oturmasın."

Werner'in karısı numaradan attığı küçük zevk çığlıklarının arasına bahanesini sıkıştırıverdi.

"Denedim ama söz dinlemiyor." Werner karısının içine daha sert girdi. "Tekrar dene."

Kadıncağızın canı yanmıştı. İnler gibi cevapladı. "Olur."

Werner gidiş gelişini hızlandırdıkça yatak gıcırdamaya başladı. Bu ses onu deli ediyordu.

"Lanet olsun!"

Karısının üzerinden kalktı. Yatağın altındaki yayları kontrol etti. Gıcırtının sebebi, gevşeyen birkaç vidaydı. Eliyle sıkmaya çalıştı, beceremedi. Karısından tornavida getirmesini istedi. Kadın hemen tamir dolabına koşup kocasının isteğini yerine getirdi. Werner yatağı duvara dayadı. Karısından tornavidayı aldı ve gevşeyen vidaları sıkmaya başladı.

Karısı sabahlığını üzerine geçirip, makyaj masasına oturdu. Önündeki aynadan, yatağı tamir etmeye çalışan kocasını izlemeye koyuldu. Werner ikinci vidayı sıkarken kapı çaldı. "Kimsin?"

"Benim baba."

Werner, oğlunun gecenin bu saatinde uyanık olmasına sinirlenmişti. "Ne istiyorsun?"

Oğlan ne istiyordu? Kendisine soracak olsanız sadece konuşmak... Ama bu, işin bahanesiydi. Oğlan konuşmak falan istemiyordu. O sadece babasının sevgisini hak etmek istiyordu. Aynı şeyi annesi için yapmak zorunda değildi. Çünkü anne sevgisi hak edilmek zorunda olan bir sevgi türü değildir. Psikopatça istisnalar dışında her anne yavrusunu koşulsuz, şartsız sever. Ancak baba sevgisini hak etmek gerekir.

Oğlu, Werner'in sevgisini hak edebilmek için her yolu deniyordu. Ama bunu bir türlü başaramıyordu. Zavallı oğlanın fark edemediği bir şey vardı; babasının sevgisini asla hak edemeyecekti. Çünkü dedesi, babasını hiçbir zaman sevmemişti. Babası tarafından sevilmemiş bir oğul, kendi oğlunu nasıl sevebilirdi ki? Hele Werner gibi psikolojik sorunları olan bir adam...

Babasının kendisini hiçbir zaman sevemeyeceğinden habersiz olan oğlan, kendisine az önce sorulan soruyu kapının arkasından cevapladı. "Konuşmamız gerek."

Werner üçüncü vidayı sıkmaya başladı. "İçeri gel."

Oğlan elinde çocuklar için yapılmış küçük bir kum torbasıyla odaya girdi. Önceliği her zaman işine vermeyi tercih eden Werner, yayları kontrol etti. Gıcırtı hâlâ devam ediyordu. Küçük bir bakış atarak, oğluna sorunun ne olduğunu sordu. Endişeden kucağındaki kum torbasını tırnaklayan oğlan kafasını kurcalayan soruyu çekinerek sordu.

"Baba sen gerçek bir şampiyonsun, değil mi?"

Werner hayatı boyunca hiçbir şampiyonayı kazanamamıştı. Babasının söyledikleri doğruydu. Resmi bir müsabakaya bile çıkmamıştı. Ama güç onlardaydı. Yani Nazilerde... Her alanda kendi tarihlerini kendileri yazıyorlardı. Ve böyle giderse yazdıkları her şey gelecek nesillere doğruymuş gibi aktarılacaktı. Tarihi haklılar değil, kazananlar yazar.

Werner kendisine öyle bir biyografi yazacaktı ki okuyan herkes onun ne kadar büyük bir şampiyon olduğunu görecekti. Önemli olan da bu değil miydi zaten? Gerçek bir şampiyon olmuşsun, olmamışsın ne fark eder?

Oğlunun sorusunu hiç tereddüt etmeden cevapladı.

"Evet, ben gerçek bir şampiyonum." Oğlan için bu kadarı yeterli değildi.

"Ben de büyüyünce senin gibi bir şampiyon olabilecek miyim?"

Werner üçüncü vidayı sonuna kadar sıktıktan sonra oğlunu, minik bir kediyi çağırıyormuşçasına eliyle çağırdı. Oğlan kucağındaki kum torbasını yere koydu ve babasının yanına geldi. Werner, oğluna bileklerini gösterdi.

"Yaptığımı yap."

Oğlan pijamasının kollarını sıyırıp bileklerini açtı. Werner, işaretparmağını kendi bileğinden geçen kalın, yeşil damarlarda gezdirmeye başladı.

"Bu damarlardan akan kan bir şampiyonun kanı... Sen de bu kandan yapıldın."

Oğlunun incecik bileğini kavradı. Belli belirsiz, yeşilimsi damarlarını sıkmaya başladı.

"Benim damarlarımda akan kan, seninkilerde de akıyor. Bu yüzden ben neysem sen de o olacaksın, anladın mı?"

Oğlan hiçbir şey anlamamıştı. Ama babasına ne zaman bir şeyi anlamadığını itiraf etse cezalandırılıyordu. Bu yüzden yalan söylemek zorundaydı.

"Anladım."

Werner, oğlunun bileğini bıraktı. "Şimdi kum torbanı al ve odana git."

Oğlan, babasının emirlerine asla itaatsizlik etmezdi. Ama bu sefer aksini yaptığında babasının takdirini kazanacağını düşünüyordu. Küçücük işaretparmağıyla, yerde öylece duran kum torbasını gösterdi.

"Ben artık onu istemiyorum baba" dedi, "gerçek biriyle dövüşmek istiyorum."

Gözlerini babasının gözlerinin içine dikti. "Tıpkı senin gibi!"

Baba-oğul sohbetinin sonunun nereye varacağını meraklı gözlerle izleyen anne, oğlunun teklifini duyunca irkildi. Nasıl yani, henüz altı yaşında bir çocuk, başka bir çocukla yumruk yumruğa kavga mı edecekti? Aslında anneyi bu kadar endişelendiren şey oğlunun yaptığı teklif değil, Werner'in oğlunun bu isteğini yerine getirebilecek bir adam olmasıydı. Bu konuyu onunla konuşmaya çalışacaktı. Ama şimdi değil.

Werner, kendisinden küçücük bir memnuniyet ifadesi bekleyen oğluna donuk gözlerle baktı.

"Bunu düşüneceğim" dedi. "Şimdi git yat." Oğlan şansını biraz daha zorlamak istiyordu. "Kum torbamı çöpe atabilir miyim?"

Werner sinirlenmeye başlamıştı. "Zamanı gelecek. Hadi git yat."

Oğlan, babasını daha fazla kızdırmak istemedi. Yerdeki kum torbasını aldı. İyi geceler dileyip kapıya doğru yürüdü. Dışarı çıkacakken babası arkasından seslendi.

"Kapıyı yavaş kapat."

Oğlan küçücük elleriyle kapıyı usulca kapatıp gitti.

Werner'in karısı hesap sorar gibi değil de, sanki merak ediyormuşçasına bir tavırla sordu.

"Onun bir çocukla dövüşmesine izin verecek misin?"

Werner, karısına bakmadı bile. Yatağın yaylarını kontrol etti, artık gıcırdamıyorlardı. Kendisinden cevap bekleyen kadına döndü. "Soyun" dedi, "yarım kalan işimizi bitirelim."

## 6

Werner'in Andreas'ı hapsettirdiği hücre bir damla bile güneş ışığı almayan, duvarları yosun kaplı bir odacıktı. İçi esirlerin uzanamayacağı kadar dar, tavanı ise rahatça ayakta duramayacakları kadar alçaktı. Kocaman lağım fareleri ortalıkta cirit atıyordu. Andreas tam iki haftadır bu hücrede kalıyordu. Saçı sakalı birbirine karışmış, gözünün feri sönmüştü. Uzanıp yatacak veya oturarak uyuyacak kadar bir alan olmadığı için günlerce ayakta uyumuştu. Uyuyanı düşmesin diye başka bir esir tutuyordu. Şimdi sıra Andreas'taydı. Uyuyan esirlerden birini kucaklamıştı. Açlıktan ve hareketsizlikten zayıf düşen kolları pes etmek üzereyken demir kapı açıldı.

Bir SS askeri içeri doğru seslendi. "Boksör, dışarı çık!"

Andreas kollarında uyuyan esiri yanındaki arkadaşının kucağına verip hücreden çıktı. Arkasındaki askerle birlikte avluya doğru yürüdü. Günlerdir gün ışığı görmemiş gözleri acı içinde yanıyordu. Elleriyle gözlerini ovuşturmak istedi. Bunu gören asker, Andreas'ı tüfeğinin namlusuyla dürttü.

"İndir ellerini!"

Andreas ellerini gözlerinden çekti. Acıya dayanamadığı için gözlerini sımsıkı kapadı. Nereye gittiğini görmüyor, sadece rastgele adımlar atıyordu. Günlerdir ışıksız kalan gözleri sonucunda kulakları ve burnu daha iyi çalışır hale gelmişti. Etrafı kokladı. Burnuna taze kan kokusu geldi. Onu esirlerin kurşuna dizildiği avluya götürüyor olmalıydılar. Oğlunu bulamadan ölecekti. Ölmekten korkmuyordu ama Erich'i son bir kez göremeden bu dünyadan çekip gidecek olması onu kahrediyordu. Derin bir nefes aldı. Havadaki kan kokusu yerini taze bok kokusuna bırakmıştı. Binlerce esirin kullandığı kocaman helanın yanından geçiyor olmalıydılar.

Andreas nereye gittiklerini görebilmek için gözlerini aralamaya çalıştı. Ancak başaramadı. Karanlığa alışmış gözleri ışığı içeri almamak için çırpınıp duruyordu. Bu yetmezmiş gibi her yeri kaplamış olan bembeyaz kar, gün ışığını yansıtıyor ve her şeyi daha parlak hale getiriyordu.

Yine de gözlerini zorladı. Bulanık da olsa biraz görmeye başladı. Karla kaplı yolun sonunda, askeri bir araç duruyordu. Hâlâ çalışan motorun sesi ve araçtan yayılan mazot kokusu Andreas'ın yarım yamalak gören gözlerini doğruladı. Arkasındaki askerle birlikte araca doğru yürüyorlardı.

Acaba kendisini nereye götüreceklerdi? Ormana götürüp kafasına sıkabilirler ve cesedini de nehre atabilirlerdi. Ama kampın içinde canlarının istediği gibi cinayet işleyen Naziler neden böyle bir yol izlesinlerdi ki?

Araca varmalarına on-on beş metre kala asker durdu. Andreas'a da durmasını emretti. Andreas ışığa biraz alışmış gözleriyle araca doğru bakıyor, bulanık da olsa neler olup bittiğini görüyordu; aracın kapısı açıldı. İçinden kısa boylu bir adam indi. Andreas'a doğru yürümeye başladı. Adam yürüdükçe boyu daha da kısalıyordu. Andreas'a yaklaşmasına beş metre kala görüntü netleşmeye başladı. Bu bir adam değildi! Ufacık ayaklarıyla, karlara bata çıka yürüyen, küçük bir oğlan çocuğuydu. Çocuk, saçı sakalı birbirine karışmış Andreas'a daha dikkatli bakınca onu tanıdı.

"Baba!"

Andreas oğlunun sesini duyunca, gözleri acı falan dinlemeden fal taşı gibi açıldı. Bir anda her yer keskin bir netlikte görünür oldu. Andreas kendisine doğru koşan oğlunu kucaklamak için karla karışık çamurun içine diz çöktü. Kollarını açtı. Erich koşarak babasının yanına geldi. Ona sarıldı.

"Baba seni çok özledim!"

Andreas, oğlunun kokusunu içine çekti. "Ben de seni oğlum!"

Oğlunun başını avuçlarının arasına alıp yüzüne baktı. Erich'in tek gözünden süzülen yaşları sildi. Çocuğun diğer gözü, kör korsanların taktığı cinsten bir bantla kapatılmıştı.

"Oğlum gözüne ne oldu?"

# 7

İhtiyar Erich'in hikâyesini heyecanla dinleyen Kahraman da aynı sorunun cevabını merak ediyordu. Erich'in gözüne ne olmuştu?

İhtiyar Erich bu sorunun cevabını vermeden önce gözündeki güneş gözlüğünü çıkardı. Sol gözü normaldi ama sağ gözünü boydan boya kaplayan beyaz bir perde vardı. Erich'in perde inmiş gözüne bakan Kahraman, ihtiyarın güneş gözlüğünü laf olsun diye takmadığını anlamıştı. Erich gözlüğünü hastanenin çarşafıyla sildi. Gözüne geri taktı. Derin bir nefes aldıktan sonra Kahraman'ın cevabını çok merak ettiği soruyu yanıtlamaya koyuldu.

*"Bir çift beyaz eldiven ve bir parça çikolata... Elime çikolatayı veren kadın, beni ameliyathane gibi bir odaya götürdü. Ve beyaz eldivenli bir adama teslim etti.*

*Beyaz eldivenli adam beni sedyeye yatırdı. Ve hemen yanımdaki sedyede yatan diğer çocuğun karnını neşterle yardı. Tek böbreğini kesti aldı. Böbrek adamın elinde başı kesilmiş bir tavuk gibi kıvranıyordu. Çocuksa acıdan avazı çıktığı kadar bağırıyordu. Çünkü anestezi yapılmamıştı.*

*Gördüğüm şeyin şokundaydım. Korkudan kıpırdayamıyordum. Gözüme açık kalmasını sağlayacak küçük demir parçaları yerleştirdiler. Sonra da acısını hâlâ unutamadığım birkaç damla ilaç damlattılar. Öyle çok acımıştı ki o an gözümü söküp atmak istedim. Ama buna gerek kalmadı. Çünkü birkaç gün sonra sağ gözümü kaybettim.*

*Babam beni oradan çıkarttırmasaydı muhtemelen diğer gözümü de kaybedecektim. Babamın beni kurtarmak için kabul ettiği şeydense haberim yoktu."*

## 8

Werner, Andreas'ın isteğini kabul etmiş ve oğlunu toplama kampına getirtmişti. Bunun karşılığında da Andreas'ın verdiği sözü tutması gerekiyordu. Bundan böyle işkencehanede çalışacak ve esirlerin çenelerini kıracaktı. Ancak bu, buzdağının görünen yüzüydü. Çünkü Werner'in Erich'i toplama kampına getirmesinin altında bambaşka bir sebep yatıyordu. Werner'in oğlunun küçük kum torbasını çöpe attığı o güneşli kış gününde bu sebebin ne olduğu anlaşıldı.

***

Erich ve Werner'in oğlu boks eldivenlerini giymiş, ringdeki iki boksör gibi karşı karşıyaydılar. Werner de bir boks hakemi gibi ortalarındaydı.

"Sarılmak yok, ısırmak yok, tekme atmak yok. Tamam mı?"

Birbirlerine düşmanca gözlerle bakan iki çocuk, Werner'i başlarıyla onayladılar.

Werner müsabakayı başlattı. "Boks!"

Werner'in oğlu ani bir atakla Erich'in yüzüne bir yumruk patlattı. Maçı dikkatle izleyen Werner durumdan memnundu.

Werner'in babası ise villanın verandasında, sallanan sandalyesine oturmuş, ağzında purosu, elinde viskisiyle iki küçük çocuğun maçını izliyordu.

Werner'in kızı da dedesinin biraz ilerisinde dikilmiş ona eşlik etmekteydi. Kardeşinin arka arkaya indirdiği yumruklara sevinsin mi üzülsün mü bilemedi. Çünkü yumruk yiyen oğlan çok sevimliydi.

Erich arka arkaya yediği yumruklardan sonra olayın ciddiyetini anladı. Önceleri bir oyun sandığı bu dövüş, gerçek bir boks maçıydı. Babasının ona öğrettiği taktikleri uygulamanın zamanı gelmişti. Gardını aldı. Rakibini indirmek için doğru zamanı bekleyecekti. Werner oğlunun arka arkaya indirdiği yumruklardan memnundu. Ancak onu pohpohlayıp şımartmak istemiyordu.

Werner'in babası her zamanki gibi oğluyla aynı fikirde değildi. Viskisinden bir yudum içip purosundan derin bir nefes çekti. Müsabakayı heyecanlı gözlerle izleyen kız torununa döndü.

"Kardeşin birazdan nakavt olacak."

Werner'in oğlu rakibine yumruk atmaktan nefes nefese kalmıştı. Erich ise profesyonel bir dansçı gibi hareket ediyor, sağlam gözüyle oğlanın açığını kolluyordu. Beklediği fırsatı az sonra yakaladı. Oğlan atağa kalkıp kısa mesafeden sol kroşe vurmak istedi. Erich hafifçe eğildi ve çocuğun yüzüne aşağıdan yukarı doğru sağlam bir aparkat çaktı! Werner'in oğlu yere yığıldı!

Werner'in babası tahmini doğru çıktığı için kıs kıs gülüyordu. Üzgün ve korkmuş gözlerle yerde yatan kardeşine bakan kız torununa döndü.

"Sana söylemiştim!"

Werner ise yumruğu kendisi yemişçesine afallamıştı. Yerdeki oğlunu görmek istemiyormuşçasına, gözlerini Erich'e dikti. Erich yerde yatan rakibinin haline acıyarak bakıyordu. Üzerinde Werner'in rahatsız edici bakışlarını hissetmeseydi onu yerden kaldırırdı. Ama bu adamdan korkuyordu.

Werner'in elinde çamaşır sepetiyle verandaya gelen karısı, yerdeki oğlunu görmese, kimsenin zavallı çocuğu yerden kaldıracağı yoktu. Kadın elindeki sepeti bırakıp hemen oğlunun yanına koştu. Ayıltmaya çalıştı. Beceremeyince kocasına döndü.

"Bir şey yapmayacak mısın?"

Werner biraz ileride, nöbet tutarmış gibi bekleyen SS askerine döndü. Erich'i göstererek, "Bunu yerine götür" dedi.

Asker, Erich'i toplama kampına götürmek için onun yanına doğru gelirken, Werner sinirli sinirli eve doğru yürümeye başladı. Verandada oturan babası, Werner'in yüzüne bile bakmadan, "Oğlun" dedi, "o da en az senin kadar yeteneksiz."

Werner, babasını görmezlikten gelerek içeri girdi. Huysuz ihtiyar oğlunun arkasından kıs kıs güldü ve son bir nefes aldığı purosunu yere atıp ayakkabısıyla söndürdü. Werner'in kızı ise korku dolu gözlerle kardeşini ayıltmaya çalışan annesine bakıyordu. Telaşlandı. Cesaretini toplayıp babasının arkasından gitti.

"Baba."

Werner kızına döndü. "Ne var?"

Küçük kız endişeliydi.

"Ya kardeşime bir şey olduysa?"

Werner soğukkanlılığını korumaya çalışarak, "Annene söyle, kardeşin ayılınca onu benim odama getirsin" diye tembihledi.

Seri adımlarla çalışma odasına girdi. Kapıyı usulca kapattı.

# 9

İki kişilik tahta ranzalara, dörder beşer sığışmış yüzlerce esir için yatma vakti gelmişti. İlikleri donduran soğuk yüzünden hastalanmış olanların bazıları acı içinde inliyor, bazıları da hiç durmadan öksürüyordu. Saat dokuzdan sonra tuvalete gitmek yasak olduğu için çıkış kapısının önüne konulmuş lazımlık görevi gören bakır kovaların önünde uzun bir kuyruk vardı. Esirler kovaya sırayla işiyorlar, dolup taşan kovaları da kapının yanındaki gidere boşaltıyorlardı. Gider tıkandığı için koğuşun içini keskin bir sidik kokusu kaplamıştı.

Andreas koku yüzünden güçlükle nefes alabilen oğlunun dikkatini başka tarafa çekmek için onunla sohbet etmeye çalışıyordu. Ondan, Werner'in oğluyla yaptığı maçı yeniden anlatmasını istedi. Erich, oğlanı müthiş bir aparkatla nasıl yere serdiğini üçüncü kez anlattı. Ve sonunda yine ekledi: "Umarım iyileşmiştir baba."

Andreas, oğlunun yumruk atmaktan kızarmış ellerini öptü. "İyileşir merak etme."

Erich, babasının ellerine baktı. Yumruk kemiklerindeki yara bereleri gördü. Andreas'ın elleri esirlerin çenelerini kırmaktan bu hale gelmişti. "Baba burada seni de mi dövüştürüyorlar?"

Andreas hayatta bir şeyi başarabilmek için gerçekçi olmak gerektiğini düşünen adamlardandı. Masalları ve insanlara sahte umutlar dağıtan toz pembe hikâyeleri sevmezdi. Kim bilir belki de boksör olduğu için böyleydi. Çünkü boksörler savaşırlar. Ve savaşçılar gerçekçi olmak zorundadırlar. Toz pembe hayaller kurarak bir savaşın asla kazanılamayacağını bilirler. Andreas, bu lanet olası yerdeki savaşı kazanmak için de gerçekçi olmak zorundaydı. Oğluna onun psikolojisini bozmayacak şekilde gerçekleri anlatmalı ve onu her şeye hazırlamalıydı. Her gün onlarca insanın işkence görerek, kurşunlanarak, yakılarak katledildiği bir yerde oğluna yalandan bir masal dünyası yaratamazdı. Bu yüzden ona doğruyu söyledi.

"Evet oğlum" dedi. "Beni de dövüştürüyorlar. Hayatta kalmak için dövüşmeliyiz."

Erich, yavru bir kedi gibi babasının koynuna girdi. "Kazanırsak bizi buradan gönderirler mi?"

Andreas burnunu, oğlunun böyle bir ortamda bile mis gibi kokabilen ipeksi saçlarına dayadı.

"Önemli olan kazanmak değil evlat, savaşmak. Sonuna kadar savaşacağız."

Andreas omzunu oğlunun başına yastık yaptı. "Hadi şimdi uyuyalım, güçlü olmalıyız."

Erich artık sidik kokusunu duymuyordu. "İyi geceler baba" diye fısıldadı.

Andreas oğlunun başına son bir öpücük kondurdu. "Sana da oğlum."

## *10*

Werner'e göre dünya halkları ikiye ayrılıyordu. Bir yanda mükemmel uygarlık aşamasına ulaşmış olan "BEYAZLAR" vardı. Diğer yanda ise daimi olarak mükemmellikten uzak "SİYAHLAR."

Tabii bu siyahlar tanımının içine Asyalılar, Kızılderililer ve Yahudiler de dahildi. Werner'in, siyahların tam uygarlığa ulaşabileceklerine dair derin şüpheleri vardı. Bu şüphelerini şu tezle desteklemeye çalışıyordu. Beyaz insanların etleri evcilleştirilmiş hayvanlarınki gibi (mesela inek) beyazdı. Siyahların eti ise yabani hayvanlarınki gibi (mesela geyik) siyahtı.

On altıncı yüzyıldan beri bütün insanların derilerinin altındaki etin aynı renk olduğu biliniyordu. Ancak Werner'inki bilimsel bir gerçeklikten ziyade bir tür inanıştı. Ve inançlar sorgulanamazdı. Werner'in inandığı bir şey daha vardı: "Yabani hayvanlar nasıl ki insanların yemiyse, 'siyah insan' da 'beyaz insan'ın yemiydi."

Peki, tüm bunlara rağmen oğlu, o aşağılık Yahudi piçine nasıl yenilmişti? Bu sorunun cevabını uzun uzun düşünmeye gerek yoktu. Oğlu yenilmişti çünkü kazanacağına inanmamıştı. Ve Werner'e göre, bir insanın inanç sahibi olabilmesi için önce arınmış olması gerekiyordu. Arınmanın en kısa yolu da fiziksel olarak acı çekmekti. Yani Werner'in, oğlunu cezalandırması gerekiyordu. Ama önce onun iyileşmesini beklemek zorundaydı.

Ari ırktan, asil bir Alman olan oğlunun, tek gözlü bir Yahudi çocuğa nakavt olmasını birazcık olsun unutabilmek için çalışma odasına çekildi. Masasına oturdu ve anılarının yazdığı kadarı üzerinde düzeltmeler yapmaya başladı.

*"O maçta sayıyla galip gelmiştim"* cümlesini beğenmedi. *"Sayıyla"* kelimesinin üzerini çizip *"Nakavtla"* diye değiştirdi. Dolmakalemini mürekkep hokkasına daldırıp birkaç düzeltme daha yapacaktı ki kapı çaldı. Başını yaptığı işten kaldırmadan, "Gel" dedi.

Kapı usulca açıldı. Werner'in karısı başını uzatıp seslendi. "Kendine geldi, durumu iyi."

Werner, annesinin arkasında korkuyla bekleyen oğlunu gördü. İyi olup olmaması umurunda değildi. Karısını kovarcasına yolladı.

"Bizi yalnız bırak."

Kadın oğlunu yavaşça iterek odaya soktu. Kapıyı sessizce kapatıp gitti.

Werner buz gibi bir sesle çocuğu yanına çağırdı. "Buraya gel."

Yere serildiğinde yüzünü çamurun içindeki çakıl taşlarına çarpan oğlanın suratının sol tarafı mosmor olmuştu.

Eliyle yüzünü saklamaya çalışarak babasının karşısına geçti. "Elini indir!"

Oğlan kızgın bir sobaya değmişçesine elini yüzünden çekti. "Mağlubiyetlerini saklarsan onlardan ders alamazsın."

Oğlan korkudan fal taşı gibi açılmış gözlerle babasına bakıyordu.

"Kazanmanın bir ödülü vardır, kaybetmenin de bir cezası... Sen kaybettin ve bedelini ödemek zorundasın."

Oğlan, babasının neden bahsettiğini iyi biliyordu. Minik avuçlarını açtı ve ona doğru uzattı.

Werner masanın çekmecesini açtı. İçinden uzun ince bir sopa çıkardı. Bir an bile tereddüt etmeden oğlunun avuçlarına sertçe vurmaya başladı.

Zavallı oğlan çok acı çekiyordu. Ancak korkudan ellerini geri çekemiyordu. Boncuk gözlerinden yaşlar süzülmeye başladı. Werner arka arkaya tam on iki kez vurduktan sonra durdu. Ağlayan oğlunun gözlerinin içine baktı. "Ağlamak iyidir, bizleri arındırır. Kendini arınmış hissediyor musun?"

Arınmanın ne olduğunu bile bilmeyen oğlan, babasını başıyla onayladı.

"Bir dahaki dövüşe daha iyi hazırlan."

Oğlan kan oturmuş avuçlarıyla gözyaşlarını silerken "Peki" dedi. "Daha iyi hazırlanacağım."

Werner, oğluna başıyla odadan çıkmasını işaret etti. Çocuk, küçük adımlarla kapıya doğru giderken kendisi sopasını yerine koydu. Oğlan tam kapıdan çıkmak üzereyken arkasından seslendi.

"Kapıyı yavaş kapat."

Oğlan acıyan elleriyle, kapıyı usulca çekip gitti. Werner sandalyesinde şöyle bir doğruldu. Kitabının sayfaları üzerinde çalışmaya kaldığı yerden devam edecekti.

## *11*

Ertesi gün Erich diğer esirlerle birlikte gün doğmadan uyanmış, Werner'in oğluyla yapacağı maça hazırlanmaya başlamıştı. Önce biraz koştu. Sonra standart açma-germe hareketlerini yaptı. Babasından öğrendiği birkaç numaraya çalıştıktan sonra antrenmanını bitirdi.

Kampı dış dünyadan ayıran dikenli tellerin yanından ilerleyerek koğuşa doğru yürümeye başladı. Sağlam gözü, yolu yarım metre kaplamış kara takıldı. Erich karın içine para düşürmüş de sanki onu arıyormuşçasına etrafa bakınmaya başladı. Aradığı şeyi bulamadı. Sinirinden karlara kocaman bir tekme savuracakken Werner'in kızının sesini duydu.

"Bir şey mi kaybettin?"

Erich sesin geldiği yöne baktı. Tellerin arkasındaki kızı gördü. "Kardelen çiçeğini arıyorum."

Werner'in kızı tatlı bir bilgiçlikle itiraz etti.

"Onu şimdi bulamazsın ki... Çiçekler baharda açar."

Erich, kıza hınzırca gülümsedi.

"Kardelen karların arasından çıkıyor."

Kız şaşırdı. "Gerçekten mi?"

Erich başıyla onaylayarak, "Evet" dedi. "Annenim en sevdiği çiçek. Babam her kış bir tane bulup anneme getirirdi."

"Sen de annene mi götüreceksin?" Erich başını öne eğdi, üzülmüştü. "Evet" dedi. "Mezarına..."

Kızın yüzü düştü. Üzüldüğünü belli eden bir ses tonuyla, "Umarım bulursun o çiçeği" dedi. Sonra elinde tuttuğu beze sarılı bir şeyi tellerin arasından Erich'e uzattı.

Erich bezi açtı. İçinden üzerine reçel sürülmüş kocaman bir dilim ekmek çıktı. Oğlan ekmeği görünce gülümsedi.

"Teşekkür ederim." Kız da gülümsedi. "Afiyet olsun."

Erich büyük bir iştahla ekmeği yemeye başladı. Ağzı yüzü reçele bulandı. Kız, Erich'in reçelden bıyığına bakıp güldü. Sonra bir an gülümsemesi yüzünde dondu kaldı. Sorması gereken soruyu hatırlamıştı. "Kardeşimle bugün de dövüşecek misin?"

Erich ekmekten ısırdığı kocaman lokmayı yarım yamalak çiğneyip yuttu.

"Evet, baban bugün için hazır olmamı söyledi."

"Onu yine yenecek misin?"

Erich utanıyordu ama bunu söylemek zorundaydı. "Muhtemelen... Çünkü çok kötü dövüşüyor."

Kız Erich'ten bir şeyler isteyecek olmanın mahcubiyeti içinde rica etti. "Ona bu seferlik yenilsen olur mu?"

Son lokmasını da yutan Erich reçele bulanmış parmaklarını yalamaya başladı.

"Merak etme" dedi, "canını çok acıtmam."

Kız, Erich'in kendisini tam olarak anlamadığını fark etti. "Senden istediğim bu değil, ona yenilmelisin."

Erich şaşırmıştı.

"Niye ki?"

Kız tellere birkaç adım daha yaklaştı. Ve çok önemli bir şey söyleyecekmişçesine Erich'i işaretparmağını ileri geri sallayarak yanına çağırdı. Erich, tellere iyice yaklaştı. İki çocuk, kendilerini ayıran dikenli tellerin iki tarafında karşı karşıyaydılar. Kız, Erich'e doğru eğildi, çok önemli bir sır veriyormuşçasına fısıldadı.

"Kardeşim yenildiğinde babam onu cezalandırıyor."

Erich kendisinden dayak yiyen çocuğun bir de babası tarafından cezalandırılmasına akıl erdirememişti. Kendi babası asla böyle bir şey yapmazdı. Kız, Erich'in kafasının karıştığını anladı. Daha açık konuşmalıydı. "Lütfen yenil ona" dedi. "Sana her gün reçelli ekmek getiririm."

Erich birisinin ricasını yerine getirmek için ondan karşılık bekleyecek bir çocuk değildi.

"Bunu yapmana gerek yok." Kız umutlanmıştı.

"Yenilecek misin ona?"

Erich gözünü kızdan kaçırarak, "Bunu yapamam" dedi.

Kız, dişilere özgü kıvrak zekâsını kullanarak Erich'e reddedemeyeceği bir teklifte bulundu.

"Kardeşime yenilirsen, o çiçeği bulmana yardım ederim."

Erich zayıf noktasından vurulmuştu. Biraz düşündü. O çocukla daha bir sürü maç yapacaktı. Bir tanesinde yenilse bundan ne çıkardı ki? Tellerin arkasında kocaman bir orman vardı. Kız orada kardeleni bulabilirdi. Kararını verdi. Tokalaşmak için tellerin arasından elini uzattı.

"Anlaştık."

Werner'in kızı gülümsedi ve Erich'in elini sıktı. "Teşekkür ederim."

## *12*

Werner'in oğlu ve Erich yapacakları müsabaka için karşı karşıyaydılar. Werner yine bir boks hakemi gibi çocukların ortasındaydı.

"Hazır mısınız?"

Kendi oğlu başıyla onayladı. Zavallı oğlan, Erich'e bir kez daha yenilebilecek olmanın korkusunu bastırabilmek için yüzünü ekşitmişti. Erich'in üzerinde ise şike yapacak olmanın verdiği gerginlik vardı. Verandada oturan küçük kızı gördükçe bu gerginliği artıyordu. Gözünü kızdan alıp karşısındaki rakibine dikti. Werner müsabakayı başlattı.

"Boks!"

Werner'in oğlu bu sefer daha temkinliydi. Hemen saldırmadı. Gardını alıp karşı tarafın saldırmasını bekleyecekti. Erich yapacağı tek bir hamleyle rakibinin gardını indirebilir ve onu tek yumrukla yere serebilirdi. Ancak Werner'in kızıyla yaptığı anlaşma gereği bunu yapmayacaktı. Yalandan birkaç ıska geçti. Werner'in oğlu son ıskayı iyi değerlendirdi ve Erich'in yüzüne sağlam bir sağ kroşe çaktı!

***

Oğlunun yaptığı anlaşma gereği dayak yediği saatlerde Andreas da işkence görecek olan esirlerin çenelerini kırmakla meşguldü. Onlara vurmadan önce defalarca özür diliyor ve oğlunu buradan kurtarabilmek için bunu yapmaya mecbur olduğunu anlatmaya çalışıyordu. Önce Andreas'a kızan esirler, işkence yapılırken bağırdıklarında çok daha sert muameleye maruz kaldıklarını gördüklerinde Andreas'a çenelerini kırdığı için minnet duyuyorlar, hatta ağızlarından düşen altın dişleri almasına müsaade ediyorlardı. Andreas'ın bu altın dişlere ihtiyacı olacaktı. Sonuçta toplama kampı denilen yerin hapishaneden hiçbir farkı yoktu. Ve özgürlüğün olmadığı her yerde rüşvet her zaman çalışırdı.

Andreas defalarca özür dilediği esirin çenesine sağlam bir yumruk çaktı. Adamın ağzından fırlayıp yere düşen altın dişi alıp cebine koydu.

***

Erich yüzüne sağlam bir yumruk yedi. Zavallı oğlan kanayan burnunu kolunun tersiyle silerken Werner'in kızıyla göz göze geldi. Kız ona acıyarak bakıyordu. Erich canının yanmadığını belli etmek istercesine gülümsemeye çalıştı. Ve yalandan dövüştüğü belli olmasın diye rakibine sağlam bir sol kroşe çaktı!

Werner'in babası her zamanki gibi verandadaki sallanan sandalyesine kurulmuş, bir elinde viski, diğer elinde puro, müsabakayı izliyordu. Verandanın ahşap merdivenlerinde oturan kız torununa döndü.

“Kardeşin tıpkı baban gibi dövüşüyor. Birazdan yere yapışacak!”

Gözünü maçtan bir an olsun ayırmayan küçük kız, dedesine cevap veremeyecek kadar heyecanlıydı.

Erich yalandan birkaç ıska daha geçti. Werner'in oğlu bu fırsatı iyi değerlendirip rakibine sağlam bir yumruk daha indirdi. Werner, oğlunun performansından memnun, gülümsüyordu.

Bu imkânsızdı. Bu çocuk bu kadar kötü dövüşemezdi. Erich'in yalandan dövüşüp dövüşmediğini çözmeye çalışan huysuz ihtiyar oturduğu yerden bağırdı.

“Haydi evlat, düzgün dövüş!”

Werner'in oğlu arka arkaya birkaç yumruk daha indirdi. Erich doğru dürüst gard bile almamıştı.

İhtiyar sandalyesinden fırlayıp bağırmaya başladı. “Bu maçta şike var!”

Werner babasını duydu ama umursamadı. İhtiyarın iddiasını duyan Erich ise korkmuştu. Bu sefer bilinçsizce açık verdi. Ve karnına sağlam bir yumruk yedi. Sonra da yüzüne... Patlayan dudağından fırlayan kan etrafa saçıldı.

Bunu gören küçük kızın yüreği parçalanmıştı. Ama elinden bir şey gelmiyordu.

Werner'in oğlu bir yumruk daha çaktı! Erich'in kırılan ön dişlerinden biri ağzından düştü.

Küçük kız yalvaran gözlerle gökyüzüne bakıp fısıldadı. "Bitsin artık Tanrım, ne olur bitsin!"

Werner'in babası elindeki puroyu Werner'in üzerine doğru fırlattı. Werner ani bir refleksle geri çekilmese yüzü yanacaktı. Babasına ters ters baktı. Huysuz ihtiyar oralı olmadan bağırmaya başladı.

"Çocuk bilerek dövüşmüyor, görmüyor musun?"

Werner, babasını umursamadı. Kıskançlıktan böyle davrandığını düşünüyordu. Babasının, torununun başarısını çekemeyip kudurması Werner'in hoşuna gitmişti. Oğluna döndü.

"Hadi evlat, bitir şu işi!"

Werner'in oğlu babasından cesaret verici bir söz duymanın verdiği mutlulukla Erich'e sağlam bir sol kroşe çaktı! Erich çamurlu suyun içine yüzüstü yapıştı! Werner'in oğlu kollarını zaferle kaldırdı. "Kazandım! Kazandım işte!"

Küçük kız, Erich'in yere yapışmasına üzülse de maç bittiği için mutluydu. Derin bir nefes aldı. Kırışmış yüzü sinirden kıpkırmızı kesilmiş olan dedesi ise Werner'e bağırıyordu.

"Çocuk bilerek yenildi! Bunu anlamamak için aptal olmak gerekir!"

Babasını duyan Werner yerde öylece yatan Erich'in yanına diz çöktü. Bu şike konusunu açıklığa kavuşturup babasının çenesini kapatmak istiyordu. Erich'i saçlarından tuttu ve çocuğun çamura batmış yüzünü kendine doğru çevirdi.

"Ona bilerek mi yenildin?"

Erich yalan söylemek zorundaydı. "Hayır efendim."

Huysuz ihtiyar, Erich'in yalan söylediğine inanıyordu. "Gerçeği söyle evlat, korkma sana hiçbir şey yapamaz."

Werner, Erich'i sonuna kadar zorlayıp maçta şike olmadığını ispatlamak ve babasını küçük duruma düşürmek istiyordu. Bir daha sordu.

"Ona bilerek mi yenildin?"

Erich kendisine nefretle bakan rakibiyle göz göze geldi. Werner bunu fark etti.

"Eğer doğruyu söylemezsen ikinizi de cezalandırırım."

Erich "ceza" sözcüğünü duyunca istemsiz bir şekilde Werner'in kızına baktı. Kız da ona bakıyordu. Werner bu anı yakaladı.

"Doğruyu söyle, ona bilerek mi yenildin?"

Erich cevap veremedi.

Werner, zavallı oğlanın kulağını sıkıca tutup burmaya başladı. "Söyle hadi, ona bilerek mi yenildin?"

Werner, parmaklarının arasındaki kulağı koparırcasına buruyordu. İçine işleyen acıya daha fazla dayanamayan Erich gerçeği itiraf etmek zorunda kaldı.

"Evet efendim."

Werner, oğlanın kulağını bırakmıyordu. "Evet ne?"

Erich, Werner'in kızına özür dileyen gözlerle bakarak, "Ona bilerek yenildim" dedi.

Werner, Erich'in kızına baktığı anı yakalamış ve bu işin içinde kızının parmağı olduğunu anlamıştı. Küçük kız, babasının kendisine bakışlarından her şeyi anladığını fark etti. İçeri kaçtı. Huysuz ihtiyar haklı çıkmış olmanın verdiği keyifle haykırdı.

"Söylemiştim işte! Bu maçta şike var!"

***

Werner her şeyi itiraf eden kızının minik avuçlarına sopayla vuruyordu. Küçük kız içine çöken acının yükünü kardeşini kurtarmış olmanın mutluluğuyla hafifletmeye çalışıyor, gözyaşı dökmemeye yemin etmiş birinin gururuyla babasının gözlerinin içine bakıyordu. Bu bakışlardan rahatsız olan Werner, her hatasında yedi sopa darbesiyle cezalandırdığı kızına durmaksızın vuruyordu.

Kapının arkasından içeriyi dinleyen ihtiyar, cezanın hâlâ bitmediğini anlayınca paldır küldür içeri daldı.

"Bu kadar yeter!"

Werner, kızının avcuna bir sopa daha vurdu. Babasına bakmadan, "Sen karışma!" dedi.

Bir sopa daha vuracakken babası, Werner'in elini havada yakaladı. "Yeter dedim!"

Göz göze geldiler. Birbirlerine nefretle bakıyorlardı. İhtiyar, oğlunun bileğini avını pençesiyle sıkan bir kartal gibi tutuyordu.

"Senin oğlun o çocukla bin maç yapsa binini de kaybeder. Çünkü onun babası gerçek bir şampiyon. Anladın mı?" Üstüne basa basa tekrar etti.

"Gerçek bir şampiyon!"

Werner, babasının pençe gibi elinden bileğini sertçe çekerek kurtardı. "Çık dışarı!"

İhtiyar, kız torununu korumak istercesine önüne geçti. Oğluna bir adım daha yaklaştı. Nerdeyse burnunun dibine kadar girdi.

"Sende yürek varsa çocukları dövüştürmeyi bırak. Şampiyonun karşısına çık ve onunla dövüş!"

İhtiyarın yüzünde o meşhur alaycı gülümsemesi belirdi. "Hiç zannetmiyorum ama belki kazanırsın."

Masanın üzerindeki bir tomar kâğıdı aldı. Oğluna doğru sallayarak, "O zaman, şu lanet olası kitabına yazacak gerçek bir zaferin olur."

Werner, babasının elindeki kâğıtları çekti aldı. Masanın üzerine koyarken kızıyla göz göze geldi. Dedesinin sözlerinden cesaret alan küçük kız, babasına iğrenircesine bakıyordu. Werner o an, tüm dünyanın kendisine öyle baktığını düşündü. Babası haklıydı. Kendisi asla gerçek bir şampiyon olamamıştı. Anılarında ne yazarsa yazsın asla bir kanıtı olmayacaktı. Hem, dünyaya bir şampiyon olduğunu haykırsa bile ne fark ederdi ki? Kendi kızı gerçekleri biliyordu. Kızının kendisine diktiği o bir çift mavi gözden utandı. Ve o gece kararını verdi; Andreas'la dövüşecekti!

## *13*

Ertesi gün Andreas revirdeki baskülün üzerindeydi. Tam yetmiş sekiz kiloydu. Ağırsıklet boks maçına çıkabilmesi için doksan bir kilo olması gerekiyordu. Dört haftada on üç kilo almak zorundaydı. Bu yüzden bundan böyle koğuşta değil, Erich'le birlikte kampın içindeki depodan bozma küçük ahşap barakada kalacaktı. Barakanın tavanından sarkan eski kum torbasıyla antrenman yapabilecek, kilo alması için de üst düzey komutanlarla aynı yemekleri yiyecekti.

Werner maç günü karşısında iyi beslenmiş ve formda bir rakip görmek istiyordu. Alacağı galibiyet insanların gözünde hakkaniyetli olmalıydı. Andreas bir yandan maça hazırlanacak bir yandan da çene kırma mesaisine devam edecekti. Çünkü Werner'in anılarını salim kafayla yazabilmesi için sessizliğe ihtiyacı vardı.

O sessiz günlerin birinde Werner daktilosunun başına oturdu. Andreas'ı yeneceğinden emindi. Ve bu galibiyetten sonra yazacaklarını şimdiden tasarlamak istiyordu. Daktilosunun tuşlarını okşarcasına yazmaya koyuldu.

*"BİR ŞAMPİYONU NASIL YENDİM?"*

Bir an durdu ve düşünceli gözlerle yazdığı başlığa baktı. Beğenmemişti. Kâğıdı usulca çıkarıp çöpe attı. Yenisini taktı. Uzun süre düşündüğü başlığı sonunda buldu.

*"BİR NAKAVT HİKÂYESİ"*

## *14*

Kahraman, Erich'in anlattığı hikâyenin buraya kadar olan bölümünü büyük bir heyecan içerisinde dinlemişti. Ancak Werner ve Andreas'ın dövüşeceklerini duyduktan sonra hikâyeye olan motivasyonunu kaybetti.

"Hikâyen güzel devam ediyordu ihtiyar" dedi, "ama sonrasını tahmin etmek çok kolay."

Erich gözlüğünün altından, "Et o zaman bakalım" dercesine bir bakış attı. Tavana bakan Kahraman, tahtaya yazılı sorunun cevabını ezbere bilen bir öğrenci gibi, "Bence şöyle olacak" dedi. "Maç günü geldiğinde, herkes maçı izlediği için güvenlikte boşluk yakalayıp kaçacaksınız."

Erich o günleri yeniden yaşıyormuşçasına anlatmaya başladı. "Kamptan kaçmak düşündüğün kadar kolay değildi. Firar eden esir, bunu başarsa da başaramasa da koğuştan rastgele on kişi seçilir ve kurşuna dizilirdi. Eğer kaçılacaksa hep birlikte kaçılmalıydı. Ama bu imkânsızdı."

Kahraman yeniden meraklanmıştı. "O halde nasıl kurtuldun?"

"Dinlemek istiyor musun?"

"Evet."

Erich tatlı sert bir öğretmenin otoriterliğiyle, "O zaman önyargılarını bir kenara bırak ve dinle" dedi.

Kahraman azarlanmış bir öğrenci gibi fısıldadı. "Peki."

Erich yeniden konsantre olmak istercesine derin bir nefes aldı. Ve hikâyesini anlatmaya devam etti.

*"Kilo alması için babama durmadan yemek yediriyorlardı. Tabii ben de onunla birlikte yiyordum. Koğuştakinden çok daha iyi bir yatakta uyuyorduk ama en önemlisi neydi biliyor musun, istediğimiz zaman askerler için yapılmış olan tuvalete girebiliyorduk."*

İhtiyar derin bir iç geçirdi.

*"İnsan açlığa ve susuzluğa dayanabiliyor evlat ancak dolu bir mesane ya da bağırsak katlanılır gibi değil. Günde iki kez tuvalet hakkımız vardı. Sabah uyandıktan hemen sonra, bir de gece yatmadan hemen önce... Bir kıçın sığabileceği, yan yana yüzlerce delik vardı. Yan yana işini gören binlerce insan düşün!"*

Kahraman'ın midesi kalkmıştı. Bunu fark eden ihtiyar ona döndü. "Düşüncesi bile iğrenç, değil mi?"

Kahraman ekşimiş yüzüyle onayladı.

*"İnsanlar bazen, çorba içmek için verilen bakır kapları, tuvalet ihtiyaçları için kullanmak zorunda kalıyorlardı. Babam maça hazırlanırken ona da, bana da askerlerin kullandığı tuvaleti kullanma izni verdiler. Artık istediğimiz zaman,*

*hem de tek başımıza tuvalete girebilecektik. Buna o kadar çok sevinmiştim ki!"*

Erich komodinin üzerindeki bardağı aldı. İçindeki suyu bir dikişte bitirdi. Kahraman'a döndü. İki yumruğunu birden sıkıp kum torbası yumruklayan bir boksör gibi sallamaya başladı.

*"Babam sıkı çalışıyor, eriyen kaslarını hızla geri kazanıyordu."*

## *15*

Andreas toplama kampının avlusunda karlara bata çıka antrenman koşusu yapıyordu. Tren yolunu kapatmış olan kocaman taşları kıran esirler, umut dolu gözlerle onu izliyorlardı. Andreas'ın Werner'le dövüşeceği haberi yayıldıktan sonra esirlerin duruşları bile değişmişti. İçlerinden birinin Nazi bir komutanla dövüşecek olması herkese moral olmuştu. Andreas'ın dövüşmesi, hatta maçı kazanması, onları esirlikten kurtarmayacaktı. Bunu biliyorlardı. Açlık, sefalet ve işkence dolu hayatlarına devam edeceklerdi. Kaçmaya çalışanlar bunu başaramayıp, Nazilerin demir pençeleri tarafından kıskıvrak yakalanacaklardı. İdam, vücutlara saplanan yağlı kurşunlar, bedenleri paramparça eden mayınlar, krematoryum, gaz odaları... Esirler için hiçbir çıkış yolu yoktu.

Peki, o zaman neden her birinin içinde umut kıvılcımları çakmıştı? Andreas'ın dövüşecek olması onlara neden kuvvet veriyordu? Az da olsa mutluydular. Yürekleri çok uzun zamandır unuttukları bu duyguya kapısını neden aralamıştı? Evet, esirlerin birçoğu, sadece birkaç hafta da olsa bu duyguyu yaşayacaklardı. Avluda antrenman için koşan, küçük barakasında eski kum torbasını yumruklayan Andreas'ı gördüklerinde ister istemez mutlu oluyorlardı. Çünkü onlar için Andreas, Werner'le dövüşecek olan sıradan bir boksör değil, tüm Yahudileri temsil eden cesur bir savaşçıydı. Kendilerini etrafa zarar veren pis haşereler olarak gören Nazilere gerekli cevabı verecek olan asil bir savaşçı... Adaletin, direnmenin ve intikamın temsilcisi...

Esirler işte bu yüzden Andreas'ı her gördüklerinde yüzlerinde o tatlı ışıltı beliriyordu. Kamptaki bu değişikliği gören SS askerleri, antrenman yapan Andreas'ı gülümseyerek izleyen esirleri, yüzlerine tüfeklerinin kabzasıyla vurarak uyarıyorlardı. Naziler, esirlerin gülümsemesine tahammül edemiyorlardı. Çünkü gülmek yaşamaktı, umuttu, güzellikti!

Andreas esirlere sadece umut vermiyor, kendisine kilo alması için verilen yemekleri de onlarla paylaşıyordu. Bunu oğlu Erich vasıtasıyla yapıyordu. Çünkü SS'ler ortalıkta dolanıp duran bu zararsız çocuktan hiç şüphelenmiyorlardı. Erich, babasının çarşaf parçalarına sardığı yiyecekleri koğuşa götürüyor, kapıda bekleyen esire teslim ediyordu. Yiyecekleri alan esir de onları koğuştaki en güçsüz esirlere pay ediyordu.

Andreas ve Erich bu yardımı tam yedi gün boyunca başarıyla gerçekleştirdiler. Ancak Andreas'ın tartılmak için basküle çıktığı sekizinci gün yakalandılar. Andreas'ın yeterli kiloyu almadığını gören Werner, bu işin içinde bir iş olduğunu anladı. Ve baba-oğlu sıkı bir takibe aldırıp her şeyi öğrendi. Koğuştaki tüm hasta ve güçsüz esirleri kurşuna dizdirdi. Tam yirmi iki kişiyi! Andreas'a herhangi bir ceza vermedi. Çünkü onun maç gününe kadar iyi durumda olmasını istiyordu. Erich'i ise cezalandırdı. Zavallı çocuğun minicik avuçlarına, kendi çocuklarını dövdüğü uzun ince sopayla tam on üç kez vurdu.

O kara günün gecesinde Andreas ve Erich, ay ışığıyla aydınlanan yarı karanlık odada yan yana yatıyorlardı. Andreas, oğlunun kan toplamış avuçlarını, acısını dindirmek istercesine, usul usul öpüyordu. Erich, elini babasının dudaklarından çekti. Başını adamın göğsüne yasladı. Hınçla dolu sağlam gözünü duvara dikti.

"Baba, onu yeneceksin, değil mi?"

Andreas cevap vermeyince Erich bir daha sordu.

"Baba onu yeneceksin, değil mi?"

Andreas, oğlunu çenesinden yakalayıp yüzünü kendisine doğru çevirdi.

"Seni buradan kurtaracağım oğlum."

Erich, "Bunu nasıl yapacaksın?" diye sormadı. Çünkü babasının verdiği sözü mutlaka tutacağını biliyordu. Her zaman sığındığı o güvenli limana, yani babasının göğsüne başını yasladı. Buradan kaçacakları günün hayaline dalıp gitti. Biraz sonra da sadece çocuklukta ya da çok mutlu günlerin gecelerinde dalınabilecek derin bir uykuya daldı.

## 16

Güneş karlı dağların ardından tüm güzelliğiyle doğarken Werner çoktan çalışma masasına kurulmuştu. Sayfaların üzerinden geçiyor, beğenmediği yerleri düzeltiyordu. Andreas'la dövüşmesine daha dokuz gün vardı. Ama o, sanki maç olmuş bitmiş ve kendisi galip gelmiş gibi maça dair anılarını yazıyordu. Werner gerçekleşmemiş dileklerini kâğıda yazdığında onların gerçek olacaklarına mı inanıyordu? Böyle bir varsayımda bulunmak biraz saflık olur. Çünkü Werner gibi adamlar yüreklerinde çocuksu umutlar taşımazlar. Umut otobüsünün son durağının hayal kırıklığı kenti olduğunu bilirler. Bu yüzden de amaca giden her aracın mubah olduğunu düşünürler.

Werner'in amacı, hatta bu aralar hayatının anlamı, Andreas'la yapacağı maçı ezici bir üstünlükle kazanmaktı. Bu amaca giden yolda kendisine galibiyeti getirecek olan her türlü aracı kullanacaktı. Gerekli adımları ise çoktan atmıştı.

Kapı çaldı. Werner başını üzerinde çalıştığı kâğıtlardan kaldırmadan usulca seslendi.

"Gel."

Karısı kapıyı açıp başını içeri uzattı. "Doktor Conrad geldi."

Werner sadece menfaatinin olduğu kişilere gösterdiği yapmacık bir saygıyla ayağa kalktı.

"Hemen içeri al."

Kadın kapıyı ardına kadar açtı ve Doktor Conrad'a odayı gösterdi. "Buyurun."

Kırklı yaşlarının ortasındaki doktor tıknaz, kel ve oldukça şişman bir adamdı. Yolda arabası bozulduğundan kampa kadar yürümek zorunda kalmıştı. Nefes nefeseydi ve bir domuz gibi terliydi. Werner normal şartlarda asla yapmayacağı bir şeyi yaptı. Doktorun terden vıcık vıcık olmuş avuçlarına aldırmadan elini sıktı. Ve masanın önündeki siyah, deri koltuğa buyur etti.

"Lütfen oturun Bay Conrad, hoş geldiniz."

Doktor kendini koltuğa yığılırcasına bıraktı. Adamın çok yorgun olduğunu gören Werner, masadaki limonatadan bir bardak doldurup ikram etti.

"Nasılsınız doktor?"

Doktor ceketinin cebinden çıkardığı gülkurusu mendiliyle, kel kafasından süzülen boncuk boncuk terleri sildi. "Yorgunum."

Limonatadan kocaman bir yudum aldı. Yutmadan önce ağzında biraz evirip çevirdi. Bir o yana bir bu yana savrulan limonata iğrenç bir sesin çıkmasına sebep olmuştu. Werner normal şartlarda o bardağı alır ve bunu yapanın kafasında kırardı. Ama şimdi sakin olmalıydı.

"Bu kadar işinizin arasında bana zaman ayırdığınız için teşekkür ederim."

Doktor Conrad, limonatasının geri kalanını fondipledi. Sigara içmekten hırlayıp duran ciğerlerine derin bir nefes çekti. Sonra cebinden küçük bir kutu çıkardı.

"İstediğiniz ilacı getirdim."

Werner kutuyu açtı. İçinde küçük bir ilaç şişesi ve bir adet şırınga vardı.

"Bu işi iğneyle çözeceğim, öyle mi?"

Doktor boş bardağı uzattı. Werner biraz daha limonata doldurdu. Doktor ikinci bardağı da devirdikten sonra, "Evet" dedi, "aynen öyle yapacaksınız. İlacı şırıngaya çekeceksiniz. Sonra da köpeğinize enjekte edeceksiniz."

Boş bardağı yeniden masaya koydu. "Bu kadar basit!"

Werner bardağı alıp kendisininkiyle simetrik hale getirdi. "Hemen ölmeyecek, değil mi?"

Doktor cebinden sigara paketini çıkarıp bir tane yaktı. Susuzluktan içi yanmış birinin su içerkenki iştahıyla sigaradan derin bir nefes çekti. Werner yüzüne doğru gelen dumanı umursamamaya çalışarak az önce sorduğu soruyu tekrarladı.

"Hemen ölmeyecek, değil mi?"

Doktor sigarayı masanın üzerindeki kül tablasına koydu.

"Hayır komutan, ilaç etkisini yavaş yavaş gösterecek. Ama en fazla iki saat sonunda köpeğiniz mutlaka ölmüş olacak."

Werner sigara dumanı yüzünden yaşaran gözlerini sahte üzüntüsüne siper ederek, "Zavallı köpeğim" dedi. "Zavallı Max. Onunla böyle vedalaşmak istemezdim ama çok acı çekiyor doktor. Artık çok yaşlandı."

Werner aktörlere taş çıkartacak bir profesyonellikle rol keserken, ihtiyar babası da anahtar deliğinden içeriyi gözetliyordu. Oğlunun söylediklerini duymuştu. Sinirden kendi kendine söylenmeye başladı.

"Max öleli neredeyse bir sene oluyor, yalancı herif!"

Doktor çamura yayılmış mandalar gibi oturduğu koltuktan güçlükle doğruldu.

"Başka bir isteğiniz yoksa ben gideyim komutan."

Werner samimi olmaya çalışan zorlama bir minnettarlıkla, "Teşekkür ederim doktor" dedi.

Sonra emir vermeye alışmış olmanın sertliğini kırmaya çalışarak ekledi:

"Yalnız, bundan kimsenin haberi olmazsa memnun olurum." Doktor Conrad koltuktan anca kalkabilmişti.

"Elbette."

Sigarasını etli parmaklarıyla söndürürken, "Dövüşeceğinizi duydum" dedi, "başarılar."

Werner de ayağa kalktı. Doktoru kapıya kadar geçirecekti. "Teşekkür ederim."

Doktor kocaman göbeği yüzünden pantolonundan taşan gömleğini yerine sokmaya çalışırken, "Vücudunuza takviye isterseniz gönderebilirim" dedi.

Werner, doktordan istediğini almıştı. Bu ilişkinin daha fazla uzatılması gerçeğin ortaya çıkmasına sebep olabilirdi.

"Gerek yok doktor."

Yumruklarını sıkıp poz verdi.

"O herifi yenmek için bana bunlar yeter." Doktor pamuk gibi yanaklarıyla gülümsedi. "Haklısınız" dedi, "şimdiden tebrik ederim." Kapıya doğru yönelecekken aklına bir şey geldi.

"Kutuyu çocukların ulaşamayacağı bir yerde saklayın. İlaç insanlar üzerinde de aynı etkiyi gösterir."

Werner bu bilgiyi yeni duymuşçasına doktorun omzunu sıvazladı. "Sağ olun doktor, iyi ki uyardınız."

Anahtar deliğinden içeriyi gözetleyen ihtiyar, oğlunun şike yapacağını anlamıştı. Ona kızmıyordu. Çünkü Werner kendine yakışanı yapıyordu.

İhtiyar, hayatı boyunca Werner gibi bir oğlu olduğu için utanmıştı. Ama şimdi ondan utanamıyordu bile... Çünkü birinden utanmak için onu biraz olsun sevmek gerekir. İhtiyar içerdekilerin kapıya doğru yaklaştıklarını görünce oradan hızla uzaklaştı.

## *17*

Bir insanın ellerine bakılarak nasıl bir hayatı olduğu anlaşılabilir.

Çiftçilerinki kara kurudur. Nasırdan şişmiştir. Birer zımparayı andırırlar.

Yazarların ya da masa başı işi yapanlarınki beyaz ve narindir. Aynı zamanda pürüzsüz ve ince... Delilerin tırnakları yenmiş, tırnağın deriyle birleştiği kısımlar ise kemirilmiştir.

Werner'in babasının nasıl bir adam olduğunu anlayabilmek için ise, onun ellerine bakmak yetmez, o elleri koklamak da gerekir. Bu yapıldığında ciğerlere işleyen bir kan kokusu duyulur. Niye mi? Çünkü huysuz ihtiyar eski bir kasaptı. Yıllarca hayvan boğazlamış, kesmiş ve kıymıştı. Acaba oğluna karşı bu yüzden mi bu kadar sevgisizdi? Eğer bu tez doğru olsaydı, tüm kasapların evlatlarından nefret etmesi gerekirdi.

İhtiyar, oğlunu bir türlü sevememişti çünkü tercihini ondan yana yapmış olmanın pişmanlığını yaşıyordu. Yanlış bedene ruh vermenin acısını yıllardır yüreğinde taşıyordu. Acı çeken ruhu yüzünden bedeni feryat ediyor, başındaki ve bacaklarındaki dayanılmaz ağrılara katlanmak zorunda kalıyordu.

Oğlunun şike yapacağını öğrendiğinde, başındaki ağrı dayanılmaz hale geldi ve bu acı kafasının daha hızlı çalışmasını sağladı. Acı varsa fikir de vardır. Werner'in şike yapmasını engellemekten ziyade, bu işi kökünden halletmeye yarayacak bir yöntem buldu. Oğlunun odasına gizlice girdi. Masasının üzerindeki kâğıtlardan birinin yarısını kopardı. Üzerine bir şeyler karalayıp evden hızlıca çıktı.

Kimseye görünmeden, kampı dış dünyadan ayıran dikenli tellerin oraya geldi. Yapabildiği kadar sessiz bağırdı. "Hey evlat!"

Karların içinde annesine götüreceği çiçeği arayan Erich sesi duydu. Kafasını kaldırıp baktı. Tellerin öbür tarafındaki ihtiyar onu eliyle yanına çağırıyordu. Erich, ürkek bir kuşun adımlarıyla ihtiyara doğru yürüdü. Dikenli tellerin iki ayrı yakasında karşı karşıya geldiler. İhtiyar sessizce sordu.

"Baban nerede?"

Bu tuhaf adam, babasını neden soruyordu ki? Yoksa ona bir şey mi yapacaktı? Zavallı Erich'in duyduğu endişe tek gözünden bile okunuyordu. İhtiyar, "Korkma" dedi, "ben sizin tarafınızdayım." Erich, o çocuklara özgü saflıkla ihtiyara güvenebileceğini hissetti.

"Babam antrenman yapıyor."

İhtiyar etrafı şöyle bir kolaçan etti, askerler henüz devriyeye başlamamışlardı. "Elini uzat."

Erich hislerinde yanılmış mıydı? Bu adamın da oğlu gibi bir sopası mı vardı? O da Erich'in avuçlarına mı vuracaktı? Erich bir suç işlememişti ki!

Zavallı oğlanın kan toplamış ellerini arkasına saklamaya çalıştığını gören ihtiyar, Erich'in niçin korktuğunu anladı.

"Sana vurmayacağım, merak etme" dedi. "Haydi uzat elini."

Erich minik elini tellerin ardına uzattı. İhtiyar, çocuğun elini yakaladı. Avucunun içine alelade katlanmış, küçük bir kâğıt parçası sıkıştırdı.

"Bunu hemen babana götür, avucunu da sakın açma. Kimseye göstermeden ona ver."

Erich başıyla onayladı. İhtiyar, oğlanı yüreklendirmeye çalışan yumuşak bir sesle, "Hadi, hemen git" dedi, "sana güveniyorum."

Erich emir almış bir asker gibi hızlı hızlı yürümeye başladı. İhtiyar bir süre oğlanın arkasından baktı. Çocuğun bu işi başaracağından emindi. O tarafa doğru gelmekte olan iki askerin karlara batıp çıkan postallarının sesini duydu. Kaçarcasına uzaklaştı.

***

Erich sağ avcunu sımsıkı kapatmıştı. Aldığı emri yerine getirmeye çalışan bir askerin ciddiyetiyle, babasının antrenman yaptığı kulübeye doğru yürüyordu. Yüzüne yerleştirmeye çalıştığı o zoraki sertliği ne yazık ki sürekli koruyamıyordu. Çünkü birilerine yakalanabilecek olma ihtimali aklına geldikçe derin bir endişe duyuyordu. Kulağına gelen küçük bir hırıltı Erich'in endişesini bir kat daha artırdı. Katliamı yarım kalmış bir domuzun bağırtısını andıran bu ses nereden gelmişti?

Kampa, Werner'in emriyle daha sessiz köpekler getirilmişti. Bu köpeklerden biri o tarafa doğru gelmekte olan Erich'i görmüş ve çocuktaki aşırı endişeyi hissederek tedirgin olmuştu. Durmadan hırlıyor, toprağa çakılı demire bağlı olan zincirini çekiştirip duruyordu.

Zincirin şıkırtısını duyan Erich köpeği gördü. Hızlandı. Endişesi şimdi büyük bir korkuya dönüşmüştü. Çocuğun yaydığı negatif enerjiyi hisseden köpek havlamaya başladı.

***

Daktilosunun başına oturmuş kitabını yazan Werner'in konsantrasyonu köpeğin havlamasını duyunca darmadağın oldu. Neler olup bittiğini anlamak istercesine dışarı kulak kabarttı. Kampa daha sessiz köpekler getirtmemiş miydi? Hani bunlar ötekiler kadar havlamayacaklardı? Sakinleşmek için derin bir nefes aldı. Köpeğin susmasını bekledi. Ancak köpek havlamaya devam ediyordu. Werner daha fazla dayanamadı. Daktiloya sinirle satır attırdı.

"Lanet olsun!"

***

Erich, köpeğin yanından geçerken korkudan altına etmek üzereydi. Çocuğun korkusunun tavan yaptığını hisseden hayvan, başını sağa sola sallayarak zincirinden kurtulmaya uğraşıyordu. Erich biraz sakin olmaya çalışıp adımlarını yavaşlatsaydı, köpek sakinleşecekti. Ama korkusuna yenik düşen zavallı oğlan tam tersini yaparak koşmaya başladı. Bu hamle köpeği çılgına çevirmişti. Hayvan zincirinden boşanıp Erich'in arkasından koşmaya başladı. Aralarındaki farkın kapanması çok uzun sürmeyecekti. Eğer Erich kim olduğunu anlayamadığı o adama çarpmasaydı, köpek kendisini yakalayacak ve oracıkta paramparça ediverecekti. Çarptığı adam sayesinde hayatı kurtulmuştu. Çünkü köpek de adamı görür görmez el freni çekilmiş bir araba gibi duruvermişti. Bu adam, köpeği susturmak için avluya inen Werner'den başkası değildi!

Werner, Erich'i küçük bir kedi yavrusu tutar gibi ensesinden yakaladı ve havlaması korkunç bir hırıltıya dönüşen köpeğe doğru yaklaştırdı.

"Ondan kaçarsan seni kovalar."

Erich'i ensesinden bastırıp köpeğin önünde diz çöktürdü. Köpeğin dişleriyle burun buruna gelen zavallı oğlan, korkudan tir tir titriyordu. Werner, çocuğun başını avucunun içiyle kavrayıp aşağı doğru bastırdı.

"Ondan alçakta durmalısın" dedi. "Eğer seviyeni düşürürsen sana bir şey yapmaz."

Köpek yavaş yavaş sakinleşti ve hırlamayı tamamen kesti. Werner, köpeğin başına tatlı sert bir tokat patlattı.

"Haydi git buradan!"

Talimatı alan köpek oradan hızla uzaklaştı. Werner, Erich'i ensesinden tutup ayağa kaldırdı. Gözlerini çocuğun tek gözüne dikti.

"Onun gözlerinin içine bakmalısın" dedi. "Köpekler korktuğunu hissetmemeli, anladın mı?"

Erich sağlam gözünü kapatıp açarak Werner'i onayladı. Werner, çocuğun ensesini bıraktı. Uzun, ince sopasını belinden çıkardı. Erich'e doğru sallayarak, "Senin yüzünden çalışmam bozuldu" dedi. "Bu yüzden seni cezalandırmalıyım, değil mi?"

Erich çaresiz bir kurbanın itaatkârlığıyla sol avucunu açtı. Werner, oğlanın minik avucuna arka arkaya yedi kez vurdu. "Diğerini de aç!"

Erich sımsıkı kapattığı avucunu açmak istemiyordu. Werner, oğlanın yumruk olmuş eline sopayı var gücüyle indirdi. Erich içine çöken acının yüküne dayanamayıp avucunu açıverdi. Werner, çocuğun avucunun içinde kabak gibi duran kâğıt parçasını gördü. Kendi kendine soruyormuşçasına, "Bu da ne?" diye fısıldadı. Kâğıdı aldı. Üzerinde yazan notu okudu:

*"Buradan kaçmanıza yardım edeceğim, akşam sayımından sonra tellerin oraya gel."*

Werner, oğlanı kulağından kıskıvrak yakaladı. "Bunu sana kim verdi?"

Erich adamın, kulağını istediğini almadan asla bırakmayacağını biliyordu. Bu yüzden fazla direnmeyecekti.

"Babanız verdi."

Werner iki parmağının arasındaki minicik kulağı biraz daha çevirdi. "Kime götürüyordun bunu?"

Erich, babasını ele vermemek için biraz daha dayanabilmeyi çok isterdi ama Werner'in pense gibi parmakları kulağını koparmak üzereydi. "Babama" dedi. "Babanız, ona götürmemi tembihledi."

***

*"Çocuk kâğıdı babasına ulaştırabilmiş miydi? Andreas notu okuduğunda kendisiyle buluşmaya gelecek miydi? Baba-oğlu buradan kaçırmak için yaptığı plan işleyecek miydi?"*

Huysuz ihtiyar, villanın önündeki verandada oturmuş, gözlerini kapamış, bir yandan purosunu içiyor bir yandan da kafasındaki sorulara yanıtlar arıyordu. Bugün viski içmiyordu. Kaçış planını uygulayana kadar kafası berrak olmalıydı. Bahçeye giren cipin sesini duyunca gözlerini açtı. Werner'in bu saatte evde ne işi vardı ki? Yoksa şu meşhur kitabı üzerinde çalışmaya mı gelmişti? Andreas ve oğlunu buradan kaçırınca Werner rakipsiz kalacaktı. Ve kitabına yazacağı bir zaferi de asla olmayacaktı. İhtiyar bu ihtimali düşündükçe mutlu oldu. Yüzünde kocaman bir gülümseme belirdi. Purosundan derin bir nefes çekip verandanın önüne yanaşan cipe doğru üfledi. Cipten iki genç SS askeri indi. Yanlarında Werner yoktu. Askerler, sallanan sandalyeye yayılmış olan ihtiyarın yanına geldiler. Kısa boylu olanı, "Komutan Werner sizi tutuklamamızı emretti" dedi. "Lütfen bizimle gelin."

İhtiyar, oğlanın yakalandığını anladı. Ağzındaki puroyu sinirle yere atıp ayağıyla ezdi.

"Werner kendisi gelip tutuklasın beni!"

Kısa boylu asker, ihtiyara saygısızlık etmemeye çalışıyordu.

"Lütfen bize güçlük çıkarmayın Bay Lorenz, yoksa sizi zorla götürmemiz gerekecek."

İhtiyar arkasına yaslandı ve sandalyede bir ileri bir geri sallanmaya başladı.

"Beni zorla götürün!"

Kısa boylu asker, ihtiyara zarar vermek istemiyordu. Ona doğru yaklaştı ve kolundan tutup kaldırmak istedi. İhtiyar aniden doğrulup askere sağlam bir kafa çaktı! Asker yere düştü. Kırılan burnundan kanlar boşalıyordu. Arkadaşının halini gören kızıl saçlı SS, hemen silahına davrandı. Çıkarıp ihtiyara doğrulttu.

"Kalk!"

İhtiyar hiçbir şey olmamış gibi sandalyesinde sallanmaya devam ediyordu.

"Eğer gerçek bir erkeksen silahını bırak öyle dövüşelim. Seni sandalyemden kalkmadan bile yere serebilirim."

Kısa boylu asker yerden kalkmıştı. Burnunun kanamasını durdurmak için göğe doğru bakıyordu. Avuçlarının arasından damlayan kanlar verandanın ahşap tabanı üzerine damlıyordu. Kızıl saçlı asker yerdeki kanı görünce yüzünü ekşitti. Askerin halini gören huysuz ihtiyar, kocaman bir kahkaha patlattı.

"Hahahaa! Kan görmeye dayanamayan bir SS! Çabuk çıkın bahçemden!"

Kızıl saçlı askerin kan görmeye dayanamadığı doğruydu. Ancak bu lanet olası ihtiyarı buradan götürene kadar buna katlanmak zorundaydı.

Yerdeki kan gölünü görmemek için gözlerini ihtiyara dikti. "Bay Lorenz, bu size son uyarım, lütfen ayağa kalkın." İhtiyar şöyle bir doğrulup bacak bacak üstüne attı.

"Ben Birinci Dünya Savaşında tam üç hafta esir düştüm evlat. Lanet olası Fransızlar ağzımdan tek kelime laf alamadılar. Çok inatçıyımdır. Beni buradan asla canlı götüremezsiniz!"

Kızıl saçlı askerin başka çaresi kalmamıştı. Ani bir hareketle yaşlı adamın üzerine atıldı. Silahının kabzasıyla başına vurup onu bayıltacaktı. Ancak ihtiyar, askerden çok daha çevik bir hareketle sandalyesinden doğruldu ve ona sağlam bir yumruk çaktı!

Manzarayı gören burnu kırık asker, arkadaşına yardım etmek istedi. İhtiyarın üzerine doğru atıldı. Ancak ihtiyar sandalyesinden destek alıp burnu kırık askerin karnına sağlam bir tekme yapıştırdı! Ringdeki bir boksör gibi yumruklarını gösterdi. "Gelin haydi piç kuruları!"

Sinirden çılgına dönen askerler, ihtiyara yeniden saldıracaklardı ki ihtiyar kafasına indirilen bir köz maşasıyla yere yığıldı. Werner'in karısı elindeki köz maşasını askerlere doğru sallayarak, "Ayılmadan götürün onu buradan" dedi.

Askerler yaşlı adamı kollarından tutup cipe doğru sürüklediler. Cip villanın bahçesinden çıkarken, Werner'in karısı arkalarından gülümseyerek bakıyordu. Kayınbabasından bir süreliğine kurtulduğu için rahatlamıştı. Kalbinden geçenler dudaklarının arasından döküldü.

"Umarım bir daha geri dönmezsin, lanet ihtiyar!"

***

Andreas, Werner'in ofisine apar topar neden getirildiğine bir anlam veremiyordu. Yapacakları müsabaka iptal mi edilmişti? Oysa maç için ulaşması gereken ağırlığa sadece iki kilo kalmıştı. Yoksa Werner'in üstleri maçı Andreas'ın kazanacağını düşündükleri için gerekli izinleri mi vermemişlerdi? Andreas aklından geçirdiği tüm bu olasılıkları mantıksız buldu. Çünkü Werner, onu odasına çağırıp maçın iptalini konuşacak bir adam değildi. Maçın iptali durumunda, kendisini barakadan aldırıp koğuşa tıktırırdı. Erich'i de çocuklar üzerinde acımasız deneylerin yapıldığı hastaneye geri yollardı. Andreas bu olasılığı aklına bile getirmek istemedi. Ama oğlu sabahtan beri ortalıkta yoktu. Andreas'ın zaten berrak olmayan kafası, ofisin penceresinden dışarıyı izleyen Werner'in sesini duyunca iyice karıştı.

"Bana her şeyi anlat."

Werner ne demek istemişti? Andreas neyi anlatacaktı? Cevap veremedi. Şaşkın şaşkın baktı. Werner gözlerini camın ardındaki manzaradan ayırmadan emrini tekrarladı.

"Her şeyi anlat!"

Andreas ne anlatacağını bilmiyordu. Ama bir cevap vermek zorundaydı.

"Neyi anlatayım?"

Werner göz ucuyla Andreas'a baktı. "Babamla yaptığınız planı."

Andreas ortada bir yanlış anlama olduğunu düşündü. Ancak karşısındaki adama kısa ve net cümlelerle cevap vermek zorunda olduğunu biliyordu. Uzun uzun savunma yapması ters tepebilirdi.

"Ne planı?"

Werner, Andreas'ın salak ayağına yattığından emindi. Pencereyi açtı. Belinden silahını çıkardı. Kendisini göremeyecek uzaklıktaki Erich'e doğrulttu.

"Oğlun akıllı bir çocuk ama korkağın teki..."

Andreas, Werner'in neden bahsettiğini anlamaya çalışıyordu; oğlu bir suç mu işlemişti? Eğer öyleyse Werner neden her zaman yaptığı gibi onu sopayla cezalandırmamıştı? Andreas, silahın kalkan horozunun sesiyle içine girdiği soru deryasından çıktı. Werner'e baktı. Werner silahın horozunu kaldırmış, Erich'e nişan almaya çalışıyordu.

"Babam" dedi. "Oğlun aracılığıyla sana bir not göndermiş, kaçman için sana yardım edeceği yazıyor."

Bu, Werner'in maçtan çekilmesi için bir bahane miydi? Bunu yapmak için neden böyle bir yola başvuruyordu ki? Hem babasını neden bu işe karıştırıyordu? Andreas, Werner'in Erich'e nişan aldığını gördü. Fikir yürütecek zamanı yoktu.

"Benim hiçbir şeyden haberim yok."

Werner tek gözünü kapattı. Hedefine daha net nişan almak istiyordu. "Bana her şeyi anlat."

Oğlu namlunun ucundaydı. Andreas'ın çok acil bir şeyler yapması gerekiyordu. Ancak içinde bulunduğu şartlar yüzünden, Werner'i konuşarak ikna etmekten başka çaresi yoktu.

"Babanızla hiç konuşmadım" dedi. "Hatta onu görmedim bile." Werner işaretparmağını tetiğe iyice yaklaştırdı.

"Biliyorum" dedi. "Bu iş için şu küçük sıçanı kullandınız."

Andreas mahkemeye suçsuz olduğunu anlatmaya çalışan zavallı bir mahkûm gibi, "Benim hiçbir şeyden haberim yok" dedi, "yemin ederim."

Andreas'ın yalan söylediğine inanan Werner tetiğe basmadan once içindekileri dökmek istedi.

"Sana bir ev verdim, yemek verdim, hepsinden önemlisi sana bir şans verdim ama sen ilk fırsatta bana ihanet ettin!"

Werner tetiğe basmak üzereydi. Zavallı Erich'i tam kalbinden vuracaktı. Andreas çaresizce haykırdı.

"Vuracaksanız beni vurun!"

Werner tetikteki parmağını çekmeden, göz ucuyla Andreas'a baktı. "Suçunu itiraf mı ediyorsun?"

Andreas sadece gözleriyle değil, adeta tüm vücuduyla yalvarmaya başladı.

"Ne olur bana inanın, hiçbir şeyden haberim yok, isterseniz babanızla yüzleşebilirim."

Werner'in bu sözlere karnı toktu. Yeniden nişan aldı. Tetiği çekmek üzereyken vurulan kapının sesi duyuldu. Andreas sanki silah patlamışçasına irkildi. Werner kapı yüksek sesle çalındığı için tüm konsantrasyonunu kaybetmişti. Kapıya döndü.

"Gel!"

Kapı açıldı. Kırılan burnuna pansuman yapılmış olan kısa boylu asker, başını içeri uzattı. Genizden gelen rahatsız edici bir sesle, "Babanızı getirdik efendim" dedi.

Werner tipine, sesine ve hoyratlığına uyuz olduğu askere silahını sallayarak, "Bir dahakine kapıyı yavaş çal" dedi.

Kısa boylu asker aynı itici ses tonuyla ama bu sefer fısıldar gibi, "Emredersiniz efendim" diye cevap verdi.

Werner pencereyi kapattı. Silahı beline koydu. Gidip babasıyla konuşacaktı. Bu ezik boksör eskisi ve geri zekâlı oğluyla sonra da hesaplaşabilirdi. Zaten asker kapıya gelmeseydi bile Erich'i vurmayacaktı. Çünkü ringde şike yapmadan asla yenemeyeceği bu aşağılık Yahudinin kendisine küçük bir kız çocuğu gibi yalvarmasından çok büyük bir haz duyuyordu. Andreas'a döndü. İşaretparmağını tehdit edercesine sallayarak, "Bizim ihtiyar senden farklı şeyler söylerse, seni de oğlunu da gebertirim" dedi.

Andreas başlarına gelebilecek felaket biraz daha ötelendiği için derin bir nefes almıştı. Ancak Werner, bu işin aslını astarını öğreninceye kadar ona da oğluna da rahat yüzü göstermeyecekti. Werner, Andreas'ın yanında kazık gibi dikilen askere döndü.

"Bu herifi hücreye atın!"

Kapıya doğru bir-iki adım yürüdü. Aklına bir şey gelmişçesine durdu. "Oğlunu da!"

***

Werner sarı, loş lambalarla aydınlatılmış uzun, ince holden geçerek sorgu odasına geldi. Sinirinden, kapıda nöbet tutan askeri fark etmedi. İçeri daldı. Notun yazılı olduğu kâğıdı cebinden çıkarıp masanın üzerine fırlattı.

"Böyle bir suçun cezasının ölüm olduğunu bilmiyor musun?"

Huysuz ihtiyar, kelepçelenmiş elleriyle masanın üzerindeki bardağı aldı. Ve Werner'i gıcık etmek istercesine höpürdeterek bir yudum su içti.

"Yakalanacağımı hiç düşünmemiştim."

Werner her şeyi öğrenmek istiyordu. Bu yüzden soğukkanlı olmalı ve istediğini alana kadar babasının tahriklerine aldırış etmemeliydi. "Neden baba? Böyle bir saçmalığa neden kalkışmak istedin ki?"

İhtiyar kelepçeli elleriyle masanın üzerinde duran kâğıdı aldı. Gözlerini üzerinde yazanlara dikti.

"O adam dünyanın en iyi boksörü, ona bunu yapmaya hakkın yok."

Werner babasının tüm bunları neden yaptığını çözmeye başlamıştı. Ancak bunu onun ağzından duyana dek oynadığı oyuna devam edecekti.

"Onunla dövüşecek olmam seni neden bu kadar rahatsız ediyor?"

İhtiyar, kâğıdı küçük parçalara ayırmaya başladı.

"Adil bir dövüş olsaydı, seni belki destekleyebilirdim ama sen aşağılık herifin tekisin. Ona ne yapacağını biliyorum."

Werner'in tahmin ettiği şey doğruydu. Babası şike yapacağını öğrenmişti. Bu Werner'i o kadar rahatsız etmiyordu. Ama babasının bunu bir başkasına söylemiş olması tüm planlarını altüst edebilirdi. "Bundan kimseye bahsettin mi?"

İhtiyar parçalara ayırdığı kâğıtları şöyle bir üfledi. Küçük parçalar masadan aşağı süzüldü. Uzun bir hikâyeye başlıyormuşçasına derin bir nefes aldı.

"Annen seni doğururken ikinizden birini seçmem gerekti. Anneni seçseydim sen ölecektin. Ama ben seni seçtim ve annen öldü."

Werner bunu ilk defa duyuyordu. Ama şok olmadı. Üzülmedi de. Annesini hiç tanımamıştı. Bu yüzden de ölümüne üzülecek hali yoktu. Ayrıca babası iyi ki kendisini seçmişti. Ama bunun için ona teşekkür edecek hali de yoktu. Sonuçta tüm yolları Tanrı çizerdi. Bizlerse sadece yürürdük.

Babası nefret dolu gözlerini oğluna dikti.

"Anneni deliler gibi sevmeme rağmen seni seçtim. Çünkü inandım. Senin iyi bir insan olacağına inandım. Ve beni her zaman gururlandıracağına... Ama sen büyüdükçe inancım kayboldu. Şimdiyse aldığım her nefeste hissettiğim tek şey pişmanlık..."

Werner, babasının söylediklerini duymuyordu. Aklı, merak ettiği sorunun cevabındaydı: "Şike olayından başka kimsenin haberi olmuş muydu?" Bu sorunun cevabını almak için babasının sözlerinin bitmesini bekleyecekti.

"O gün anneni seçmediğim için o kadar pişmanım ki... Sen asla iyi bir adam olamayacaksın evlat. Çünkü sende iyi bir adamda olması gereken hiçbir erdem yok. Ayrıca sen tanıdığım en yeteneksiz boksörsün. Ve Andreas'ı hile yapmadan yenmen imkânsız. Eğer beni öldürmezsen, son nefesimi verene kadar onu nasıl yendiğini herkese anlatacağım. Kitabına yazacağın saçmalıkların koca bir yalandan ibaret olduğunu herkese haykıracağım!"

Werner için çok önemli olan sorunun cevabını öğrenme vakti gelmişti. "Şike yapacağımdan kimseye söz ettin mi?"

İhtiyar kelepçeli elleriyle önündeki bardağa uzandı. Höpürdeterek koca bir yudum daha içti.

"Bundan kimseye söz etmedim ama ilk fırsatta edeceğim."

Werner en çok İsa'yı kıskanır, ona özenirdi. Hangi İsa mı? Şu Meryem'in oğlu, hani peygamber olan... Werner hayatı boyunca onun yerinde olmak istemişti. Çünkü İsa'nın hiçbir zaman babası olmamıştı. Werner de babasız doğmayı ve büyümeyi çok isterdi. Hem de her şeyden çok. Babasız doğup büyümesi imkânsızdı belki ama kalan ömrünü babası olmadan geçirebilirdi.

İhtiyar sudan bir yudum daha içecekken, Werner silahını çekti ve babasını alnının ortasından vurdu! Yaşlı adam masanın üzerine yığıldı kaldı. Elindeki su masaya döküldü. Başından süzülen kanlar suya karıştı. Werner az önce sanki babasını öldürmemiş gibi masadan kalktı, odadan çıktı.

İhtiyarın öldüğünü anlayan SS askeri, "Efendim cesedi nereye gömelim?" diye sordu.

Babasından kurtulan Werner bir kuş gibi hafiflemişti.

"Yakın!"

***

Üst üste yığılı, çırılçıplak onlarca ceset, yanmak için sıra bekliyordu.

İhtiyarın cesedi de onların arasındaydı. Gözleri bu dünyada gerçekleştiremediği amaçları yüzünden açık kalmıştı. Krematoryumda görevli iki esirden kıvırcık saçlı olanı, ihtiyarın gözlerini kapattı. Omuz altlarından tutarak fırına taşıdı. Diğer arkadaşı da cesedi ayaklarından tuttu. Birlikte fırının içine attılar. İhtiyarın cesedi henüz cehenneme gitmeden cayır cayır yanmaya başlamıştı!

***

Krematoryumun bacasından çıkan koku kampın avlusuna yayılıyordu. Bu sadece yanık et kokusu değil, aynı zamanda çaresizliğin, korkunun ve umutsuzluğun da kokusuydu!

## 18

Erich hikâyeyi o kadar iyi anlatıyordu ki krematoryumun bacasından çıkan yanık et kokusu sanki hastane odasının içine yayılmıştı. Hatta Kahraman o kokuyu duymamak için nefesini birkaç saniye tutmak zorunda kalmıştı. Genç adamın hikâyenin içine bu kadar girmesinin sebebi, ihtiyarın tatlı dili bir yana, Kahraman'ın esirlerle kurduğu empatiydi. Genç adam onlarda kendi hayatından kesitler görmüştü. Esirler istenmeyen varlıklardı. Kahraman da öyle... Esirler sürekli suçlanıyorlardı. Kahraman da hayatı boyunca hep suçlanmıştı. Esirler savaşacak güçte değildi. Eskiden öyle değildi belki ama Kahraman'ın da son birkaç haftadır savaşacak gücü kalmamıştı. Esirler çaresiz, umutsuz ve acılarla dolu bir hayat sürüyorlardı. Kahraman da öyle...

Ama her şeye rağmen Erich kurtulmuştu. Bu yaşına kadar da sağlıklı bir hayat sürmüştü. Demek ki insan, en zor şartlarda bile kurtulması imkânsız zannedilen yerlerden sağ salim çıkabiliyordu. Böyle bir adamla aynı odayı paylaşmak Kahraman'a birazcık olsun umut vermişti. Genç adam belki de bu yüzden hikâyenin devamını dinlemek için yanıp tutuşuyordu. Bir parça umut için! Ama ihtiyar sessizdi. Kahraman da hikâyeye dair sorular sorup adamın konsantrasyonunu bozmak istemiyordu.

Sonunda odadaki derin sessizliğe daha fazla dayanamayıp ihtiyardan hikâyenin geri kalanını anlatmasını rica edecekti ki buna gerek kalmadı. Erich sağlam gözünü, gözlüğünün altından hafifçe kaşıdı ve üzerine basa basa telaffuz ettiği o tatlı "r"leriyle hikâyenin kalanını anlatmaya başladı.

*"Werner, babasını öldürdüğü günün akşamı bizi hücreden çıkarttırdı. Hiçbir şey olmamış gibi hayatımıza devam etmemizi istiyordu. Babam ve ben, ormanda kaybolup da çocukları yiyen cadının eline düşmüş Hansel ve Gretel gibiydik. Rahat uyuyor, iyi besleniyorduk. Ama bizimle işi bittiğinde Werner, babamı öldürecek, beni de çocuklar üzerinde acımasız deneyler yapan Doktor Mengele'ye geri gönderecekti.*

*Babam başımıza geleceklerin farkındaydı. Bu yüzden gece gündüz beni oradan kaçırmanın bir yolunu düşünüp duruyordu. Sonunda bir plan yapmayı başardı."*

## 19

Krematoryumun bacasından çıkan küller, toplama kampının avlusuna kar gibi yağıyordu. Her sabah gün doğmadan antrenman koşusuna çıkan Andreas, yerde kalın bir tabaka oluşturan küllerin bir grup esir tarafından küreklerle temizlendiğini gördü. Bu küller toplandığına göre bir yere dökülüyor olmalıydılar? Peki ama nereye? İşte bu sorunun cevabı, Andreas'ın kaçış planının belkemiğini oluşturacaktı.

Andreas çenesini kırdığı esirlerden topladığı altın dişlerden birkaçını rüşvet vererek bu kritik sorunun cevabını öğrendi. Küllerin bir kısmı kampın biraz ilerisindeki sebze tarlalarında gübre olarak kullanılıyor, kalanı da el arabalarına yüklenerek ormanın içinden geçen nehre dökülüyordu. Andreas, oğlunu kamptan nasıl kaçıracağını bulmuştu!

Yakılan insanlardan artakalan külleri nehre dökmekle görevli esirlerden biriyle anlaşacaktı. Tabii ki rüşvet vererek... Anlaştığı adam, maç gecesi Erich'i küllerin arasına saklayacak ve nehre kadar götürecekti. Planın başarıya ulaşması için Andreas'ın Erich'e öğretmesi gereken iki şey vardı. Bunlardan ilki, nasıl yüzüleceğiydi. Çünkü Erich'in nehre ulaştıktan sonra yaklaşık dört yüz metre kadar yüzmesi gerekiyordu. İkincisi ise nefesini nasıl tutacağı... Küllerin nehre ulaşma mesafesi yaklaşık olarak altmış iki saniye sürüyordu. Erich küllerin arasındayken nefes alamayacaktı. Bu yüzden de Andreas oğluna nefesini nasıl tutacağını öğretmeliydi.

Ancak bunların hepsinden önce Andreas'ın daha önemli bir şey yapması gerekiyordu. Koğuşa gidip esirlerden izin alacaktı. Çünkü Erich kaçmayı başarsa da, başaramasa da, Naziler kamptan rastgele on kişiyi seçip kurşuna dizeceklerdi. Andreas onlardan izin almadan böyle bir şeye kalkışamazdı. Vicdanı buna el vermezdi.

***

Andreas akşam sayımından sonra gizlice koğuşa gitti, yatmaya hazırlanan esirlere durumu anlattı. Maç gecesi oğlunu kaçıracaktı. Buna gönlü razı olmayan varsa ya şimdi konuşmalı ya da sonsuza dek susmalıydı. Esirlerin hiçbiri itiraz etmedi. Küçük bir çocuğun buradan kurtulabilmesi için canlarını vermeye hazırlardı. Andreas'tan tek bir şey istiyorlardı; maçı kazanmasını... Çünkü Andreas maçı kazandığında hepsi yeniden birer "insan" olduğunu hissedecekti.

Peki neden?

Andreas maçı kazandığında esirler neden böyle hissedecekti? Bir insanı insan yapan şey neydi? Ateşi bulması mı? Yazıyı icat etmesi mi? Alışverişte para kullanmaya başlaması mı? Trenleri elektrikle çalıştırması mı yoksa aya gitmesi mi?

Bunlar elbette insanlığa değer katan büyük adımlar ama hepsinin bir başlangıcı var. İnsanı ağaçlarda yaşayan tüylü bir yaratık olmaktan çıkarıp metropollerin konforlu dünyasına taşıyan büyülü bir şey... Evrim yolculuğunun başlangıcı... Ağaçlardan inip bozkırda yaşamaya başlayan insan, ellerinin üzerinde dört ayak dolaşırken, boyunu aşan bitkiler yüzünden düşmanlarını göremiyordu. Bu yüzden iki ayağının üzerine dikildi. Artık elleri boş kalmıştı. Ve insan, o eller sayesinde uzaya kadar gitti. Ama yaptığı ilk hareket dik durmaktı. İşte insanı insan yapan şey budur; dik durmak! Bunun mecazi anlamı da insanı insan yapar. Haksızlığa, zorbalığa ve namussuzluğa karşı dik durabilirseniz, işte o zaman insan olursunuz!

Andreas maçı kazandığında esirler kendilerini biraz olsun insan gibi hissedeceklerdi. Andreas'ın attığı yumruklar sadece bir et yığınına değil, haksızlığa, zorbalığa ve namussuzluğa indirilmiş olacaktı!

Esirlerin rızasını alan Andreas barakasına döndü. Çoktan uyumuş olan oğlunun yanına kıvrılıp yattı. Ona sabah erkenden yüzme öğretmesi gerekiyordu.

***

Kampın önündeki yüzme havuzu, buranın bir çalışma kampı olarak yutturulmasına yarayan, kurmaca bir düzenekti. Kimse kullanmadığı için, yüzeyi pislik ve yaprakla doluydu. Andreas ile Erich havuzdaydılar. İkisi de yarı çıplaktı ve soğuktan titriyordu. Andreas, oğlunu sırtüstü yatırmış, suyun üzerinde tutmaya çalışıyordu. Askerler devriye gezmeye başlamadan önce bu işi halletmek zorundaydı. "Kendini rahat bırak evlat."

Erich var gücüyle babasının dediğini yapmaya çalışıyordu. Ama hem korkudan hem de ilikleri donduran soğuk yüzünden gerginliğini üzerinden bir türlü atamıyordu. Zangır zangır titreyerek, "Çok üşüyorum baba!" dedi.

Andreas, oğlunun sırtını ve belini kavrayan kocaman ellerini yavaş yavaş çekerken, "Bunu başarmalıyız oğlum" diye cevap verdi. Ellerini tamamen çekecekti ki Erich panikle babasının boynuna sarıldı.

"Bırakma beni baba!"

Oğlunun haykırışı Andreas'ın içine işlemişti. Biliyordu, oğlu ne boğulmaktan korkuyordu ne de soğuk yüzünden gergindi. O sadece babasının kendisini bırakmasını istemiyordu. Zavallı oğlanın tek derdi işte buydu; babasının kendisini bırakıp gitmesi... Ama Andreas bunu yapmak zorundaydı. Oğlunu suyun içine değil de hayat canavarının acımasız dişlerine atıyormuşçasına itti. Kirli suyun içine gömülen Erich, az sonra yüzeye çıkmayı başardı. Ağzındaki yaprakları tükürdü. Kollarını sevimli bir arının kanatları gibi çırpmaya başladı.

"Durabiliyorum baba! Suyun üzerinde durabiliyorum!" Andreas gülümsedi. Ancak işleri henüz bitmemişti. "Şimdi kulaç atmayı dene."

Oğluna bunu nasıl yapacağını tarif etti. Erich birkaç denemeden sonra bunu da başardı. Artık yüzebiliyordu! Andreas soğuktan takırdayan dişlerinin arasından, "Aferin oğlum" dedi, "işte bu!"

***

Akşam olmuştu. Andreas ve Erich mum ışığıyla aydınlanan küçük barakalarındaydılar. Sıra ikinci adıma gelmişti. Andreas'ın, oğluna nefesini nasıl tutacağını öğretmesi gerekiyordu. Kapolardan altın diş karşılığı satın aldığı cep saatini çıkardı. Oğluna hazır olmasını söyledi. Erich, babasının öğrettiği gibi, derin bir nefes aldı. Yanaklarını kocaman şişirdi. Andreas saniyeleri saymaya başladı. Erich ilk denemede nefesini sadece yirmi beş saniye tutabildi. Sonrakinde otuz, en sonuncuda da kırk iki... Bu sayının üzerine bir saniye bile çıkamadı. Nefesini yeteri kadar tutamayıp küllerin arasından çıkarsa, SS'lere yakalanacaktı. Bu felaketi önlemek için defalarca denediler. Ancak Erich, nefesini yeteri kadar tutmayı bir türlü başaramadı.

## *20*

Hastane odası o kadar sessizdi ki, ihtiyar Erich'in elindeki cep saatinin tik takları duyuluyordu. Yaşlı adam, bu saatin bir zamanlar babasının avuçlarında olduğunu düşünüp inceden gülümsedi.

"Nefesimi kırk iki saniyeden fazla tutmayı asla başaramadım."

Kahraman merakla sordu.

"Küllerin içinde nasıl nefes alabildin?"

İhtiyar, saatin kapağını kapatıp cebine koydu. "Küllerin içine hiç girmedim."

Kahraman iyiden iyiye meraklanmıştı. "Peki, kaçmayı nasıl başardın?"

## 21

Naziler yaptıklarını gizlemek için zalimce güvenlik önlemleri uyguluyorlardı. Bunlardan biri de krematoryumda çalışan esirleri iki ayda bir öldürmekti. Ceset yakma işinin duyulmasını istemiyorlardı. Bu işte çalışanları da iki kişiden fazla tutmuyorlardı.

İki ay dolduğunda çalışanlardan birini kurşuna dizdiler. Andreas'ın Erich'i küllerin içinde kaçırması için anlaştığı kıvırcık saçlı esir içinse can vermek o kadar kolay olmadı.

Werner darağaçlarından sarkan, kokuşmuş cesetleri yumruklamaktan çok sıkılmıştı. Artık kanlı canlı biriyle dövüşmek istiyordu. Dövüşebileceği yüzlerce esirin arasından gidip Andreas'ın anlaştığı adamı seçti! Kurşuna dizildiğinde birkaç saniye içinde ölecek olan zavallı esir, Werner'in acımasız yumruklarıyla, acılar içinde can verdi.

Cesedi taşıyan Kapolar, adamın darmadağın olmuş yüzünü tanımakta zorlandılar. Kafatası çatlamış, dilinin yarısı kopmuştu. Neredeyse tüm dişleri kırılmıştı. Cesedi yaktılar. Yanan cesetle birlikte Andreas'ın oğlunu kaçırma planı da yandı bitti kül oldu. Kıvırcık saçlı esirle anlaşması tam bir haftasını almıştı. Onun yerine gelenlerle anlaşabilmek için yeterli zamanı yoktu. Maça sadece bir gün kalmıştı.

***

Andreas barakanın önünde volta atıyordu. Oğlunu buradan kaçırabilmek için yeni bir plan yapmaya çalışıyor ama çıkış yolunu bir türlü bulamıyordu. Kurtulmaya çalıştıkça canı yanan, kapana kısılmış bir av hayvanı gibiydi. Bir ara oğlunu da kendini de öldürmeyi düşündü. Sonra bu düşüncesinden utandı. O bir savaşçıydı. Ve asla pes etmeyenlerin savaşı mutlaka kazanacaklarını aklından çıkarmamalıydı. Önemli olan dik durabilmekti. Bunu başaranların her zaman bir şansı vardı. Son âna kadar pes etmeyecek ve bir çıkış yolu bulmaya çalışacaktı.

Şu an ne yapacağını bilmiyordu, çaresizdi. Ama yürümeliydi. Çünkü çareler bazen insan yoldayken belirir.

Düşünceli gözlerle kampı dış dünyadan ayıran dikenli tellere bakarken bir ses duydu.

"Andreas!"

Seslenen adam, öğlen kıvırcık saçlı esirin cesedini krematoryuma taşıyan iki Kapo'dan biriydi. Andreas bu saatte dışarıda olduğu için Kapo'nun kendisini azarlayacağını düşündü.

"Sorun yok" dedi, "gidiyorum." Barakasına doğru yürümeye başladı. Kapo, Andreas'ın yolunu kesti.

"Bir dakika bekle, konuşmamız gerek."

Andreas kendi ırktaşlarına ihanet eden, aşağılık bir Kapo'yla muhatap olmak istemiyordu.

"Seninle konuşacak bir şeyim yok benim" dedi ve Kapo'yu kenara iterek yoluna devam etti. Birkaç adım ilerlemişti ki zamanı durduran büyülü bir söz duymuşçasına dondu kaldı.

Kapo, "Oğlunu buradan kaçırabiliriz" demişti!

Andreas adama döndü.

"Nasıl?"

Kapo zayıf noktasından vurduğu Andreas'a yaklaştı. Sağı solu kolaçan etti. SS'ler ortalıkta görünmüyordu. Yine de alçak sesle konuşması gerekiyordu.

"Hiç kimse isteyerek kötü bir şey yapmaz" dedi. "Bizi şartlar bu hale getirdi."

Andreas'ın, Kapoların kendilerini savunmak için sürekli kullandıkları bu beylik laflara karnı toktu.

"Bunun şartlarla falan bir alakası yok, siz kendi ırkınıza karşı Nazilerin yanında yer aldınız."

Kapo'ya nefretle baktı.

"Çünkü alayınız korkaksınız!"

Kapo'nun derdi Andreas'la tartışmak değildi. Kendisinden beklenmeyecek bir sakinlikle, "Kim bilir, belki de öyledir" dedi. Yüzünde samimi bir gülümseme belirdi. Adam belli ki içini dökmek istiyordu.

"Bir insanın karakterini belirleyen şey, sözleri değil, davranışlarıdır" diye başladı söze...

Andreas bir süre sonra adamı duymaz oldu. Kapo'nun neden böyle davrandığını çözmeye çalışıyordu. "Oğlunu buradan kaçırabiliriz" derken onunla dalga mı geçmişti? Nazilerin en alt kademesini oluşturan aşağılık Kapoların mensubu bu hain herif, Andreas'la kafa mı buluyordu? Bir tuzak mı hazırlamışlardı? Ya da maçtan bir gece önce Andreas'ı moralman çökertmek mi istiyorlardı? Andreas kafasının içindeki sorularla boğuşurken Kapo'nun vaadiyle yeniden dünyaya döndü.

"Oğlun buradan kurtulacak, merak etme."

Başladıkları yere geri dönmüşlerdi. Andreas yeniden sordu. "Nasıl?"

Kapo dikenli telleri gösterdi.

"Şunların altından geçip ormana koşacak."

Andreas, adamın kendisiyle kafa bulduğundan emin oldu. Yine de sinirlerine hâkim olmak zorundaydı.

"O tellerin arkasındaki yol mayın dolu!"

Kapo sözü fazla uzatmadan harekete geçmek istiyordu. Andreas'a aniden sarıldı. Şaşıran Andreas buna bir anlam veremedi. Ama adama itiraz da edemedi. "Bu herif muhtemelen kampta yaşadığı şeyler yüzünden kafayı yemiş olmalı..." diye düşündü. Kendisine sıkı sıkı sarılan kolların ayrılmasını beklemekten başka çaresi yoktu. Kapo hıçkıra hıçkıra ağlamaya başladı. Nazilerin emriyle vurduğu onlarca ırktaşından, krematoryuma taşıdığı cesetlerden, acımasızca dövdüğü savunmasız insanlardan... Hepsinden özür diliyordu sanki. Kollarıyla Andreas'ı son bir kez sıkı sıkı sardı. Sonra ondan ayrıldı. Gözyaşlarını kolunun tersiyle sildi. Yüzünde affedilmiş bir insanın aydınlık gülümsemesi belirdi. Elini havaya kaldırdı ve telleri gösterdi.

"Oğlun şunların altından geçip ormana koşacak."

Andreas sürekli aynı şeyi tekrarlayıp duran Kapo'nun kafayı yediğinden emin oldu. Ama ters davranıp onunla pisleşmek istemiyordu. Sonuçta bunların tamamına yakını sorunlu ve dengesiz adamlardı. Altı yaşında bir çocuğa anlatır gibi, "O yol mayın dolu" dedi.

Kapo elini Andreas'ın omzuna koydu. "Orası birazdan tertemiz olacak!"

Andreas'ın konuşmasına fırsat vermeden alelacele ekledi. "O maçı kazan!"

Ve yayından fırlayan bir ok gibi tellere doğru koşmaya başladı. Tellerin yanındaki diğer Kapo elinde tel makasıyla bekliyordu. Koşan arkadaşının geçmesi için telleri kaldırdı. Kapo, Andreas'ın şaşkın bakışları arasında tellerin altından geçti, mayınlı yolda koşmaya başladı.

Andreas karanlık yüzünden görememişti ama tellerin yanında beş Kapo daha vardı. Onlar da tellerin altından geçip ormana doğru koşmaya başladılar. Az sonra gecenin karanlığı patlayan mayınların ateşiyle ışıl ışıl aydınlandı. Kapolar mayınların üzerine basarak paramparça oldu. Bacaklarını kaybeden iki tanesi, sürüne sürüne diğer mayınların üzerine kapaklanıp ikinci kez havaya uçtu. Her şey birkaç dakika içinde olup bitmiş, tellerden ormana kadar giden yoldaki mayınların tamamı temizlenmişti.

Andreas'ın yaşlar süzülen gözlerinden az önce kendisine sarılan Kapo'ya karşılık vermemenin pişmanlığı okunuyordu.

## 22

Werner maç sabahı gayet zinde uyandı. Dün gece ölen Kapolar umurunda değildi. Olayı zabıtlara "Kaçmaya teşebbüs..." olarak geçirtmişti. Zaten kimsenin aklına başka bir sebep de gelmiyordu. Kamptaki yoğun çalışma temposuna dayanamamış olan Kapolar kaçmaya çalışmış ve mayınlara basarak paramparça olmuşlardı. Hepsi bu! Adi suçlara bulaşmış, eski tutuklulardan seçtikleri bu adamlardan ellerinde on binlercesi vardı. Ölenlerin yerine yenileri birkaç güne kalmaz gelirdi. Araziye yeni mayınlar da maçtan sonra yerleştirilecekti.

Werner kahvaltısını yaparken akşam çıkacağı maçı ve sonrasını hayal ediyordu. Alkışlar ve tezahüratlar eşliğinde ringe çıkışını, Andreas'ı arka arkaya indirdiği yumruklarla nakavt edişini ve ertesi günkü gazetelerde çıkacak olan boy boy fotoğraflarını... Ve tabii ki anılarını okuyup ona gıpta edecek olan binlerce hayranını...

"WERNER LORENZ" ismi tarihe altın harflerle yazılacaktı!

***

Gecenin karanlığını yaran alevler, Kapoların parçalanarak sağa sola savrulan uzuvları ve genzi yakan yanık et kokusu... Andreas, Erich'e kaçacağı yolu gösterirken gece yaşadıklarını unutmaya çalışıyor, ağlamamak için kendisini zor tutuyordu. Erich ise babasının söylediklerini pür dikkat dinliyor, tellerden nasıl geçeceğini, ormana hangi yoldan gideceğini ve nehirden çıktıktan sonra hangi yöne doğru koşacağını aklına adeta kazıyordu.

Barakaya döndüklerinde tüm planı ezberlemişti. Ancak bu işte bir terslik vardı. Babasının kendisiyle gelmeyip maça çıkacağını biliyordu. Ama babası maçtan sonrasıyla ilgili hiç konuşmamıştı. Oradan nasıl kaçacaktı? Erich'le ne zaman ve nerede buluşacaktı? Bunlardan hiç bahsetmemişti.

Erich, yatakta oturmuş birkaç saat sonra başlayacak maça konsantre olmaya çalışan babasının yanına usulca sokuldu. Minik başını adamın omzuna dayadı.

"Baba sen ne zaman geleceksin?"

Andreas, oğlunun kendisine bu soruyu soracağını biliyordu. Ona yalan söylemeyecekti. Ama doğruyu da söyleyemezdi.

"İlkönce maça çıkmalıyım."

Erich, babasına maçı kazandıracak formülü biliyordu. "Söz ver bana, kazanacaksın."

Andreas ayağa kalktı. Pantolonundan cep saatini çıkardı. "Al bunu."

Erich inatçı bir keçi gibi kendini geri çekti. Andreas, oğlunun elini yakaladı. Saati minicik avucuna koydu. "Saat dokuz olduğunda kaçacaksın."

Erich yüzünü duvara doğru çevirdi. Babasına kızgındı. Andreas, oğlunu çenesinden yakaladı ve kendine döndürdü.

"Duydun mu beni? Saat tam dokuzda."

Erich'in gözleri dolmuştu. İçinden taşan isyanı bastırmaya çalışarak "Bana neden söz vermiyorsun?" diye sordu.

Andreas, oğluna tozpembe hayaller satacak bir baba değildi. O, verdiği söz için savaşmak isterdi. Yerine getiremese bile savaşmak... Ancak bu sefer kendisine karısını kaybettiren hatayı yapmayacaktı. Yenilmesi isteniyordu. O da yenilecekti. Saati oğlunun cebine tıkıştırdı.

"Tam dokuzda" dedi. Ve ayağa kalktı.

Erich de ayağa kalktı. Babasının karşısına dikildi. "Sen kaçta geleceksin?"

Andreas pencereden dışarı baktı. Kendisini maçın yapılacağı salona götürecek olan cip barakaya doğru yaklaşıyordu. Erich tekrar sordu. "Kaçta geleceksin?"

Andreas, oğlunun sorusunu duymamış gibi, "Geliyorlar" dedi. "Söylediklerimi unutma: Korkmak yok, pes etmek yok, arkana bakmak yok!"

Erich, babasının kendisine neden söz vermediğini, sorularını neden yanıtlamadığını anlamaya çalışıyordu. Yoksa babası buradan hiç çıkamayacak mıydı? Babasını bir daha göremeyecek miydi? Başını göğsüne yaslayıp uyuyamayacak mıydı? Geceleri korktuğunda kime sarılacaktı? Erich'in bu koca dünyada babasından başka kimi kalmıştı ki? Artık soru sormayacaktı. Pencereden dışarı bakan babasının yanına ok gibi fırladı, bacaklarına yapıştı.

"Baba bırakma beni!" diye yalvarmaya başladı. Andreas ağlayan oğluna baktı. Önünde diz çöktü. "Kendini bırakma evlat, güçlü olmalısın."

Erich gözyaşlarına hâkim olamıyordu. "Beni bırakmayacaksın, değil mi baba?"

Andreas, oğlunu kollarından yakaladı. Gözlerinin içine bakarak, "Güçlü olmalısın" dedi. "Korkmayacaksın ve saat dokuz olduğunda dediklerimi yapmaya başlayacaksın."

Babası Erich'e, "Seni bırakmayacağım" demiyordu ama "Seni bırakacağım" da demiyordu. Erich çocuk aklıyla bunda bir umut ışığı gördü. Babası ona verdiği her sözü tutmuştu. Belki şimdi sözünü tutamama olasılığı vardı ve bu yüzden söz vermiyordu. Yani şansı yarı yarıyaydı. Bu düşünce Erich'in biraz olsun içini ferahlatmıştı. Gözyaşlarını kolunun tersiyle sildi.

"Anladım baba" dedi. "Korkmayacağım ve arkama bakmayacağım."

Andreas, oğluna sıkı sıkı sarıldı. Kokusunu içine çekti. Erich gözyaşlarını durdurmaya çalışarak, "Onu yen baba" dedi. "Onu ringe öyle bir yapıştır ki gördüğü son yer orası olsun!" Andreas gülümsedi.

Ayrıldılar. Oğlunun yüzünü avuçlarının arasına aldı. "Seni seviyorum oğlum" dedi.

Erich minicik elleriyle, babasını bileklerinden yakaladı. "Ben de seni baba."

Barakanın önündeki araç korna çalıyordu. Ayrılık vakti gelmişti. Andreas, oğlunun başına usulca bir öpücük kondurup barakadan çıktı. Kendisini salona götürecek olan araca bindi.

Araç uzaklaşırken başını çevirip son bir kez arkasına baktı. Oğlu barakanın penceresinden el sallıyordu. Andreas tek elini kaldırıp ona doğru salladı. Oğlunun yanında akıtamadığı gözyaşları yanaklarından aşağı süzülüyordu.

## 23

Maçın yapılacağı salonun önü, sıra sıra dizilmiş askeri araçlarla doluydu. İki bine yakın SS subayı maçı izlemeye gelmişti. Subaylar aylardır savaşmaktan büyük stres altındaydılar. Bu maç sayesinde deşarj olmak istiyorlardı. Alt rütbeliler tahta sıralarda oturmuş biralarını içerlerken, komutanlar kendileri için hazırlanmış yuvarlak masalarda kırmızı şaraplarını yudumluyorlardı. Salondaki herkes büyük bir heyecan içerisinde, yarım saat sonra başlayacak olan maçı bekliyordu. Herkesin inancı tamdı. Werner, "APARKAT" denen o aşağılık Yahudiyi ringe gömecekti. Çakırkeyif olmuş bir general kadehini kaldırıp bağırdı. "Werner'e!"

Hıncahınç dolu salondaki tüm eller aynı anda havaya kalktı. "Werner'e!"

***

Salondan gelen ses soyunma odasında yankılandı. Ancak Andreas bunu duymadı. Çünkü aklı fikri kamptan kaçacak olan oğlundaydı. Yaşlı bir esir ellerine boks bandajı sararken, Andreas oğlu için dua ediyordu. Dudaklarından dökülen İbranice kelimeler onu "Sarışın Panzer"le maç yaptığı güne götürdü. Soyunma odasında tıpkı şimdiki gibi oturuyordu. Yaşlı antrenörü, şu an bu yaşlı esirin yaptığı gibi, ellerine boks bandajı sarıyordu. İçeri giren SS'ler ondan maçı kaybetmesini istemişlerdi. Ancak Andreas onları dinlemeyerek maçı kazanmıştı. Bunu yaptığı için karısını öldürmüşler, oğlunu ise kaçırmışlardı. Tüm bu yaşananlar Andreas'ın gözlerinin önünden film şeridi gibi geçti. Ve genç adamın aklı yine aynı soruya takılıp kaldı.

"Başına bunların geleceğini bilseydi o maçı yine de kazanır mıydı? Veya o maçı kazanmasaydı başına yine bunlar gelir miydi?"

İki soru da saçmaydı. Çünkü Andreas'a göre, tarihte yaşanan bir şey başka türlü yaşanması imkânsız olduğu için o şekilde yaşanıyordu. Bu tez bazılarına saçma gelebilir. Ama Andreas'ı ayakta tutan şey işte bu saçmalıktı. Aksi takdirde sürekli kendisini suçlayarak geçmişe saplanıp kalacak ve oğlunu kurtaramayacaktı. Akıl sağlığını korumak için bazı dini öğretilerin ayrılmaz bir parçası olan kaderciliğe sığınmaktan başka çare bulamamıştı. Şimdi ise SS'leri mutlu edecek şeyi yapmalıydı. Bilerek yenildiğini çok belli etmeden Werner'i mümkün olduğunca oyalamalıydı. Kampın güvenliğinden sorumlu askerlerin çoğu salondaydı. Dolayısıyla maç ne kadar uzun sürerse oğlunun kaçması da o kadar kolay olacaktı.

Yaşlı esir bandaj sarma işini bitirdi. Andreas ellerini şöyle bir kontrol etti; sorun yoktu. Yaşlı adam boks eldivenlerinden birini Andreas'ın eline geçirdiği sırada kapı açıldı. Gelen Werner'di. Esire gözleriyle dışarı çıkmasını işaret etti.

Adamcağız diğer eldiveni de Andreas'ın eline alelacele geçirdi. İplerini yarım yamalak bağladı. Ve odadan kaçarcasına çıktı.

İki boksör, ringden önce soyunma odasında karşı karşıyaydılar. Werner, "Sana başarılar dilemeye geldim" diye fısıldadı. Andreas bu samimiyetsiz centilmenliğe karşılık vermedi. Werner elini Andreas'ın omzuna koydu.

"Yirmi dokuz maç, yirmi dokuz nakavt... Müthiş bir kariyerin var."

Andreas oralı olmadı. Gözleri, ipleri alelade bağlanmış eldivenlerindeydi. Werner, Andreas'ı çenesinden tuttu ve başını yukarı kaldırdı.

"Konuşurken yüzüme bak."

Andreas boş gözlerle Werner'e baktı.

Werner dudağının kenarında beliren o alaycı gülümsemesiyle adeta bir yılan gibi tısladı.

"Yürüdüğün yollar seni buraya getirmişse, o yolların ne önemi var ki? Kariyerin bu gece feci bir şekilde son bulacak!"

Andreas'a iyice yaklaştı ve sanki ona değil de, öldürdüğü babasına söylüyormuşçasına tane tane konuştu.

"Bu gece benim gecem. Tarih zaferimi sayfalarına altın harflerle yazacak. Çünkü hayatın boyunca ne yaparsan yap, tarih her zaman finalleri yazar. Savaşta her zaman kaybeden taraf suçludur, haklı olsa bile!"

Cebinden bir şırınga çıkardı ve aniden Andreas'ın omzuna sapladı. Andreas kıpırdamadı bile... Omzuna enjekte edilen şırıngaya yan gözle şöyle bir baktı. Bu gece burada SS'ler ona ne isterlerse yapabilirlerdi. Buraya bunu göze alarak gelmişti. Onu çarmıha gerebilirler, karnını deşip bağırsaklarını çıkarabilirler, hatta isterlerse kollarından ve bacaklarından arabalara bağlayıp paramparça edebilirlerdi. Her şeye razıydı. Yeter ki oğlu kurtulsun! Werner ilacın tamamını Andreas'ın omzuna enjekte etti.

"Unutma" dedi, "önemli olan doğruluk değil, zaferdir!"

Şırıngayı çekti çıkardı. Aynı samimiyetsiz centilmenlikle, "Tekrar başarılar dilerim" dedi. Ve odadan çıktı gitti.

Andreas duvardaki saate baktı. Maçın başlamasına da oğlunun harekete geçmesine de tam beş dakika vardı.

## *24*

Saniyeler akıp gittikçe Erich'in heyecandan nefesi daralıyordu. Sanki o minik elinde bir cep saati değil de az sonra patlayacak olan bir bomba vardı. Zavallı oğlan korkusunu bastırmak ümidiyle babasının söylediklerini tekrarlayıp duruyordu.

"Korkmak yok, pes etmek yok, arkana bakmak yok..."

İşe yarıyordu. Sözün o kendine özgü büyülü etkisi kendisini gösteriyordu. Erich'in titreyen dizleri titremez oldu. Saate korkuyla bakan gözüne keskin bir kararlılık yerleşti. Yüreğindeki endişe yerini cesarete bıraktı.

Kaçmanın zamanı gelmişti. Saati cebine koydu. Yataktan kalktı. Babasıyla acı tatlı günler geçirdiği barakaya şöyle bir baktı. Derin bir iç geçirdi. Sonra savaşa giden bir askerin ciddiyetiyle barakadan çıktı.

Gece karanlık, kamp sessizdi. Erich küçük bir sincabın çevikliğiyle tellere doğru yürüyordu. Ses çıkarmamak için bu sefer içinden söylüyordu.

"Korkmak yok, pes etmek yok, arkana bakmak yok..."

***

Aynı saatlerde Werner'in oğlu evden kaçmıştı. Salona gidip babasının maçını izlemek istiyordu. Yakalandığında babasının onu cezalandıracağını biliyordu. Ama buna değerdi. Günlerdir bu maçın hayalini kurmuştu. Ve sonucu ne olursa olsun hayalini gerçekleştirecekti. Kardeşinin evden kaçtığını gören ablası, fazla uzaklaşmadan onu yakaladı.

"Eve geri dön! Babam duyarsa ikimizi de cezalandırır." Oğlan kararlı adımlarla yürümeye devam etti.

"Ben babamı izlemek istiyorum!"

Aslında oğlanın babasını izlemek istediği falan yoktu. Sadece, bu gece orada olmak istiyordu. Çünkü babası maçı kazandığında, o mutlulukla kendisine iyi davranabilirdi. Aslan oğlum diyerek belki başını bile okşardı. Sarılmak, öpmek, kucaklamak... Geçin bunları... Oğlan başının okşanmasına bile razıydı. Babasıyla arasında öyle derin bir uçurum vardı ki diğerlerini hayal bile edemiyordu. Yolundan dönmeyecekti.

Ablası, onu kolundan yakaladı. "Sana geri dön dedim!"

Oğlan kolunu sertçe çekip kurtardı. "Bırak beni!"

Ablasının pes etmeye niyeti yoktu. Kardeşini kolundan yakalamak istedi. Ancak oğlan inatçıydı. Kıvrak bir hareketle ablasından kurtulup koşmaya başladı.

***

Erich tellerin yanına kadar kimseye yakalanmadan gelmeyi başarmıştı. Usulca eğildi ve altından geçmek istedi. Kafasını soktu. Ancak gövdesini geçirirken kolu tele dolandı. Çekti çıkaramadı. Bir daha denedi. Olmadı. Tuzağa yakalanmış zavallı bir kuş gibiydi. Ses çıkarmamak için fazla çırpınamıyordu. Birilerinin oraya doğru koştuğunu duyunca panikledi. Kolunu hızla çekti. Ancak bu hamle, tellere daha fazla dolanmasına sebep oldu. Döndü arkasına baktı. Kendisine doğru gelen bir çift ayak gördü. Sonra bir çift daha... Werner'in oğlu ve kızı ona doğru koşuyorlardı. Sanki bunu yaptığında gelenler onu görmeyeceklermiş gibi gözünü kapattı. Suratına inen ani bir tekmeyle yeniden açtı. Kafasını kaldırıp baktı. Werner'in oğlu ve kızı başında dikilmekteydiler. Oğlan yeni bir tekme daha yapıştıracaktı ki ablası onu kendisine doğru çekerek bunu engelledi.

"Yapma!"

Oğlan nefret dolu gözlerle Erich'e bakarak haykırdı. "Buradan kaçmaya çalışıyor!"

Ablası işaretparmaklarını dudaklarına götürerek kardeşini uyardı.

"Şşş! Sessiz ol."

Ablasının tellere takılı şu küçük fareyi koruması oğlanı daha da hırçınlaştırdı.

"Askerlere haber vereceğim!"

Avaz avaz bağırmak için ağzını açmıştı. Ancak ablası bir atmaca gibi yetişti ve avcuyla kardeşinin ağzını kapattı.

Kız güçlüydü. Oğlan nefes alamadığı için çırpınmaya başladı. Ablası kendinden emin ve otoriter bir ses tonuyla, "Elimi çekeceğim" dedi, "ama bağırmayacaksın..." Nefessizlikten kıpkırmızı kesilen oğlan, başını emme basma tulumba gibi salladı. Ablası elini usul usul çekerken, "Bırakıyorum" dedi. "Sessiz ol!"

Erich birkaç adım ötesinde cereyan eden olayı adeta nefes almadan izliyordu. Zavallı oğlan, tele takılmış bir uçurtma gibiydi. Kız, elini kardeşinin ağzından çekti. Nefessiz kalan oğlan derin derin solumaya başladı. Kendine geldi. Ablası bu Yahudi sıçanı neden koruyordu? Neden askerlere haber vermiyorlardı? Babası Yahudileri konu alan hikâyelerinde bunların hırsız, lanetli ve sinsi yaratıklar olduklarını sadece kendisine anlatmamıştı ki; ablası da bu hikâyeleri dinlemişti. Ama oğlanın Erich'i ele vermek istemesinin asıl sebebi tüm bu saçmalıklar değildi. Erich'i yakalatmak istiyordu çünkü böylece babasının gözüne gireceğini düşünüyordu. Boksta yenemediği şu küçük fareyi böylelikle alt edebilir, babasından koca bir aferin alabilirdi. Ağzını kocaman açtı. Avaz avaz bağıracaktı ki suratının tam ortasına yediği okkalı bir yumrukla yere yığıldı. Ablası acıyan elini sallayarak Erich'in yanına koştu.

"Merak etme" dedi. "Seni kurtaracağım!"

Erich minnet dolu gözlerle kıza bakıyordu. Kız telleri sertçe çekti. Önce oğlanın elini kurtardı. Sonra koluna dolanan teli çekti. Kolu da kurtardı. Ancak bunu yaparken telin dikeni parmağına battı. Acıyla parmağını çekti. Erich sanki kendi canı yanmışçasına iç geçirdi. Kız, "Merak etme" dedi. "Küçük bir sıyrık..." Parmağından gelen kana aldırmadan cebinden bir kâğıt çıkardı, Erich'e verdi.

"Çiçeği bulamadım ama sana bunu yaptım."

Erich kan bulaşmış kâğıdı aldı, açtı. Kız, sarı mavi bir çiçek çizmişti. Erich gülen gözlerle baktığı kâğıdı katlayıp cebindeki deriden kesenin içine koydu.

"Teşekkür ederim."

Kız yerdeki kardeşine baktı. Her an kendine gelebilirdi. "Vakit kaybetmeden git" dedi. "Umarım kaçmayı başarırsın." Erich kıza yaklaştı ve yanağına küçük bir öpücük kondurdu. "Hoşça kal."

Kız gecenin karanlığında bile belli olan kızarmış yanaklarıyla gülümsedi.

"Güle güle."

Erich şimdi daha çok kuvvetlenmişti, yayından fırlayan bir ok gibi koşmaya başladı. Ormanın içinde kaybolup giderken, kızın kırmızı yanakları hâlâ gülümsüyordu.

## 25

Yarı sarhoş Nazi subayların tıklım tıklım doldurduğu salon tezahürattan yıkılıyordu.

"Werner! Werner!"

Werner o an ilk defa babasını öldürdüğü için pişmanlık duydu. O lanet ihtiyar şimdi bu salonda, seyircilerin arasında olmalıydı. Werner için yapılan tezahüratı duymalıydı. Oğlunun namağlup bir şampiyon karşısında aslanlar gibi nasıl dövüştüğünü izlemeliydi. Aparkatlarıyla nam salmış, dünya ağırsıklet boks şampiyonuna arka arkaya indireceği yumrukları görmeliydi.

Werner kendini maçın atmosferine o kadar çok kaptırmıştı ki maçta şike yaptığını unutmuştu. Hatta babasını, bunu öğrendiği için öldürdüğünü de unutmuştu. Andreas'ın bambaşka bir âlemdeymişçesine bakan gözlerini fark edince her şeyi hatırladı. Babasını iyi ki öldürmüştü. Yoksa o ihtiyar yüzünden ismini tarihe altın harflerle yazdıramayacaktı.

İyi bir boksörün asla yapmayacağı, abartılı ayak oyunlarıyla Andreas'a yaklaştı. Sağlam bir sol kroşe çaktı. Bu tarz yumruklar Andreas'a vız gelir, onu yerinden milim oynatmazdı. Ama genç adam bu sefer sendeledi. Werner'in kroşesi yüzünden değil, koluna enjekte edilen ilaç yüzünden...

Werner yeni bir atakla saldıracaktı ki beşinci raundu bitiren gongun sesi duyuldu. İki boksör köşelerine çekildi.

Andreas'a antrenör olarak verdikleri adam, âdet yerini bulsun diye koydukları bir kukladan ibaretti. Zaten dünyanın en iyi antrenörü de olsa Andreas taktik falan dinleyecek halde değildi. Bunda, damarlarında dolaşan ilacın etkisinden ziyade kafasında dolanıp duran sorunun etkisi daha büyüktü: Acaba oğlu nehre varmayı başarabilmiş miydi?

***

Erich ay ışığıyla aydınlanan yarı karanlık ormanda, devasa ağaçların arasından küçük bir sincap gibi süzülerek nehre doğru koşuyordu. Nefes nefese ve kan ter içindeydi. Küçük ayakları yer yer çamura batıp çıkıyor, çamur toplayan ayakkabısı ağırlaştığı için de hızı kesiliyordu. Buna bir son vermek için durdu. Ayakkabılarını çıkardı. Yalınayak koşmaya başladı.

Şimdi eskisinden daha hızlıydı. Bir yandan hayalet fısıltısı gibi öten rüzgârın sesi, diğer yandan ormanın derinliklerinden gelen kurt ulumaları... Erich korkuyordu. Korkusunu bastırabilmek adına, kendisi için adeta bir duaya dönüşmüş olan sözleri tekrarlamaya başladı.

"Korkmak yok, pes etmek yok, arkana bakmak yok..."

***

Esirlerin birçoğu Tanrı'ya olan inançlarını kaybetmişti. Çünkü ona inanmalarının karşılığını bir türlü alamıyorlardı. Bu nasıl bir Tanrı'ydı ki bunca acıya ve haksızlığa rağmen hiçbir şeye müdahale etmiyordu?

Ancak maç gecesi birçoğu yeniden dua etmeye başladı. Sanki Andreas yenerse Tanrı'dan bir ses, bir işaret alacaklarmış gibi...

Belki de bu, Tanrı'yla yeniden barışmanın bir yoluydu. Ya da kafayı yememeleri için yapılan bir geri dönüş... Belki de inancın yeniden işe yaradığını görüp, Tanrı'yı yeniden sevmek istiyorlardı. Bu yüzden koğuşun neredeyse tamamı Andreas için dua ediyordu. Hem de yakarırcasına...

***

Andreas damarlarına işleyen zehre karşı koymaya çalışıyordu. Yüzüne ve karnına arka arkaya inen yumruklar umurunda değildi. Ayakta kalmalıydı. Kanına karışıp onu dermansız bırakmaya çalışan zehirle savaşmalıydı. Yıkılmamalıydı. Maçın bitmesine daha altı raunt vardı. Her bir raunt üç dakikaydı. Birer dakikalık raunt aralarıyla birlikte toplam yirmi dört dakika ediyordu. Bu süre, oğlunun nehre ulaşması için yeterliydi.

Andreas hayatı boyunca asla pes etmemişti. Fakirlikten kırılan ailesi onu İsviçre'deki bir çiftliğe evlatlık olarak vermişti. O zamanlar bu tarz çocuklar henüz fakir bir tarım ülkesi olan İsviçre'de ucuz iş gücü olarak kullanılıyorlardı.

Sabahın köründe uyandırılıp akşamın geç saatlerine kadar çalıştırılıyorlardı.

Andreas'ın çalıştığı çiftliğin biraz ilerisinde yokuş yukarı bir yol vardı. Bu yolun tepesine çıkıldığında tren istasyonu görülüyordu. Çiftlikte çalışan diğer çocuklar, her iş gününün sonunda o tepeye çıkıp aileleri geliyor mu diye bakarlardı. Andreas bunu hiç yapmadı. Çünkü onların gelmeyeceğinden emindi. Daha sekiz yaşındayken hayatın ne kadar acımasız olduğunu anlamıştı. Bu yüzden güçlü olmalıydı. Kimseden bir şey beklememeli, ayakta kalacaksa bunu tek başına başarmalıydı.

Şu koca dünyada bir çift yumruktan başka hiçbir şeyi yoktu. Onlar sayesinde dimdik durabildi. Para kazandı, yemek yedi, barınacak bir saçak altı buldu. Hatta güzeller güzeli karısı Hannah'ın kalbini bile o yumruklar sayesinde çalmıştı. Genç kıza askıntı olan serserileri bir bir yere sererek...

Şimdi de bu beş metrekarelik ringde sahip olduğu tek şey bir çift yumruktu. Bu yumruklar sayesinde oğlunu kurtarabilirdi. Üzerine doğru gelen sağ kroşeden eğilerek kaçtı. Hemen kalkarak, Werner'in yüzüne ani bir sol kroşe indirdi. Dokuzuncu raundu bitiren gonk çaldı.

Andreas'ın rakibini üç raunt daha oyalaması gerekiyordu. Ağır adımlarla köşesine doğru giderken aklında yine aynı soru vardı: Oğlu nehre varmayı başarabilmiş miydi?

***

Erich kurumuş yapraklara ve ağaçlardan kopup düşen dallara basarak koşuyordu. Rüzgârın uğultusu yerini nehrin gürül gürül akan suyunun sesine bırakmıştı. Kan ter içindeki çocuğun nehre varmasına sadece birkaç dakika kalmıştı. Eğer yaprakların arasına gizlenmiş konserve kutusu ayağını kesmeseydi!

Erich kesilen ayağının acısıyla haykırdı. Sesi yarı karanlık ormanda yankılandı. Beğendiği genç ve güzel esirlerden biriyle biraz eğlenmek için ormana gelen SS subayı sesi duydu. Kızın üzerinden kalkıp sağa sola baktı.

Yanında getirdiği kurt köpeği de kulak kesilmiş, sesin nereden geldiğini bulmaya çalışıyordu. Havlamaya başladı.

Erich köpeğin sesini duymamıştı. Kan içindeki ayağını yere bastı. Acısına dayanmaya çalışarak yürümeye başladı.

Elindeki feneri etrafa tutan SS subayı, ağaçların arasında yürümekte olan Erich'i gördü. Bu ufaklığı yakalamak için gecesini mahvedemeyecekti. Hırlayıp duran köpeğe talimat verdi.

"Tut onu!"

Köpek hızla ormanın içine doğru koşmaya başladı.

Subay, açık göğüslerini ellerini siper ederek kapatmaya çalışan kızın üzerine kapaklandı. Eğlencesine kaldığı yerden devam edecekti.

Erich kan içindeki ayağının acısına dayanmaya çalışarak hızlı hızlı yürüyordu. Karanlığın içinde bir şeyin kendisine doğru koştuğunu hissetti. Ormanın içinde yankılanan havlama sesini duyunca bunun bir köpek olduğunu anladı. Korkudan, kesik ayağının acısını unuttu ve koşmaya başladı.

***

Son raunt bitmek üzereydi. Andreas hâlâ yıkılmamıştı. Salondakilerin ateşli tezahüratı yerini tenis seyircilerinin derin sessizliğine bırakmıştı.

Werner, Andreas'ın son raunda kadar nakavt olmamasına akıl sır erdiremiyordu. Çünkü onun gibi adamlar, baba olmanın ne demek olduğunu bilmezler. Fedakârlığın aslında ne kadar güçlü bir motivasyon aracı olduğunu, evlat için savaşmanın ne kadar kutsal bir güç kaynağı olduğunu anlayamazlar. Werner gibi korkaklar, sevginin gücünü de bilmezler. Sevginin tüm zehirlerin panzehiri olduğunu akıl edemezler. Werner bu yüzden Andreas'ın nasıl olup da son raunda kadar ayakta kaldığını anlayamıyordu.

Acaba ilaç, doktorun söylediği kadar etkili değil miydi? Hayır, ilaç bir atı bile süründürebilecek güçteydi. Ama oğlu için savaşan bir babayı yıkmak için daha fazlası gerekirdi.

Andreas yüzüne doğru gelen yumruktan geriye çekilerek kurtuldu. Ani bir adımla Werner'e yaklaştı. Ve müthiş bir sağ kroşe indirdi. Werner ringi çevreleyen iplere tutunmasa yere düşecekti!

***

Erich nehre doğru koşuyor, deli gibi havlayan köpek arkasından hızla geliyordu. Zavallı oğlanın bacaklarındaki derman tükenmek üzereydi. Daha önce dudaklarından dökülen o sihirli sözcükler şimdi gözlerinin önünde uçuşup duruyordu.

"Korkmak yok, pes etmek yok, arkana bakmak yok..."

Maçın bitmesine iki dakikadan daha az bir zaman kalmıştı. Andreas her yeri bulanık görüyordu. Yüzüne gelen sağ kroşeyi fark edemedi. Yere düştü.

Erich de babasıyla aynı kaderi paylaştı. Ağaçlardan birinin köküne takılıp yüzüstü yere kapaklandı.

Baba oğul yıkılmışlardı!

Andreas'ın başındaki hakem rakamları eliyle göstererek sayıyor, Andreas'ın yere düşmesiyle yeniden ateşlenen kalabalık da ona eşlik ediyordu.

"Biir, ikii, üüç!"

Sivri dişlerini gösterip deli gibi havlayan köpek yerden kalkamayan Erich'in başındaydı. Ona saldırmıyordu. Erich çamura bulanmış yüzünü kaldırıp köpekle göz göze geldi. Werner'in söylediklerini hatırladı. Ondan alçakta durursa köpek ona saldırmayacaktı. Düştüğü yerden doğruldu ve diz üstü oturdu. Köpeğin salyalar akan ağzıyla karşı karşıya geldi.

Salondaki çılgın gürültüyü duymayan Andreas'ın kulaklarında, oğlunun son sözleri yankılandı: *"Baba onu ringe öyle bir yapıştır ki son gördüğü yer orası olsun!"* Genç adamın yüzünde, sanki oğlunu görmüşçesine tatlı bir gülümseme belirdi. Ellerinden kuvvet alarak doğruldu. Ayağa kalktı. Hakem, Andreas'a parmaklarını gösterip saymasını istedi.

"Bir, iki, üç, dört..."

Sorun yoktu. Genç adam maça devam edebilirdi. Werner bunun kendisi için bir şans olduğunu düşünüyordu. Çünkü maç ne kadar dramatik biterse tarih, galibiyetini o kadar müthiş yazacaktı.

Maçın bitmesine on saniye kala dövüş yeniden başladı.

Köpekten gözlerini bir an olsun ayırmayan Erich, sihirli sözleri son kez söyledi.

"Korkmak yok, pes etmek yok, arkana bakmak yok..."

Minik yumruğunu sanki bir daha hiç açmayacakmışçasına sıktı.

Werner, Andreas'ı devirmek için sol kroşe savurdu. Andreas eğildi. O meşhur aparkatlarından sonuncusunu Werner'e doğru salladı.

Erich sıktığı yumruğunu köpeğin burnuna doğru salladı.

Andreas'ın aparkatı Werner'in çenesinde, Erich'in yumruğu da köpeğin burnunda aynı anda patladı!

Boynu kırılan Werner yere kapaklandı.

Burnu kanayan köpek ise acı acı havlayarak ormanın içine doğru kaçtı.

Erich zaferin verdiği gururdan dolan gözüyle köpeğin arkasından bir süre baktı. Sonra hemen ayağa kalkıp seke seke nehre doğru koşmaya başladı.

Doktorlar yerde boylu boyunca yatan Werner'e müdahale etmeye çalıştılar. Ancak Werner yumruğu yedikten birkaç saniye sonra ölmüştü. Kendisinin ismi tarihe altın harflerle yazılmadı. O da yüz binlerce Nazi'yle aynı kaderi paylaşarak tarihin karanlık sayfalarına gömüldü gitti.

Karısı cenazeyi bile beklemeden, Werner'in resimlenmiş olduğu yağlıboya portreyi, ofisindeki daktiloyu ve anılarını yazdığı kâğıtları evin önünde cayır cayır yaktı. Kışın ayazında yüzüne vuran sarı sıcak alevler kadının içini huzurla doldurdu. Yıllar sonra ilk defa şöyle yürekten gelen, dolu dolu bir kahkaha patlattı. Çok mutluydu. Çünkü artık Werner yoktu!

Werner o iğneyi Andreas'a enjekte etmeseydi, Andreas ona yenilecekti.

Ama belki de kazanmak Andreas'ın kaderinde vardı. Tanrı onu bir şampiyon olarak yaratmıştı ve bir şampiyon olarak ölmesini istiyordu, kim bilir...

Andreas, Werner'i yere serdikten birkaç dakika sonra son nefesini verdi. Bu dünyaya namağlup bir boksör olarak veda etmişti. Ve tarih onun adını altın harflerle yazacaktı:

"ANDREAS SCHWARTZ!"

Koğuştaki esirler büyük bir merak içerisinde maçın sonucunu bekliyorlardı. Demir kapı açıldı. SS'lerden biri içeri girdi. Kalabalığın içinden rastgele on kişiyi seçti. Erich kamptan kaçtığı için onları kurşuna dizeceklerdi.

Ölüme giden esirlerden biri, maçı kimin kazandığını sordu. SS, soru sorması yasak olan esirin yüzüne tüfeğinin kabzasıyla vurdu. Ama Werner'den nefret ettiği için bu soruyu büyük bir keyifle cevapladı.

"Sizinki kazandı."

Ölüme gidenler de dahil tüm esirler neşeyle birbirine sarıldı. Esirlerin bu kadar mutlu olmalarına sinirlenen asker, "Andreas bir daha buraya dönmeyecek" dedi. "Çünkü öldü."

Koğuştakiler buna askerin beklediği kadar üzülmediler. Çünkü onun bilmediği bir şeyi biliyorlardı:

Efsaneler hiçbir zaman ölmezdi!

## 26

Hastane odası, şafak öncesinin alacakaranlığına boyanmıştı. Bahçedeki ağaçlara yuva yapmış kuşların cıvıltısı Erich ve Kahraman'ın kulaklarını şenlendiriyordu. Erich, Werner'in kızının verdiği resme bakıyordu. Kızın parmağından damlayan kan lekesini, kumaşın kalitesini test eden bir terzi gibi okşadı. Sonra resmi katlayıp, cep saatinin ve mızıkanın yanına koydu.

"Hikâyem bu kadar" dedi. "Sonrası yetmiş yıllık kocaman bir hayat... Ama en önemli kısmı buydu."

Kahraman uyumaya hazırlanan sevimli bir kedi gibi esnedi. "Güzel hikâyeydi amca, sağ ol."

Erich perdeyi biraz araladı. Güneş gözlüğünü alnına çıkarıp pencereden dışarı baktı.

"Güneş doğmak üzere, benim için uyku vakti." Kahraman yatağa bağlı ellerini ve ayaklarını gösterdi. "Amca beni çözebilir misin?" dedi. "Tuvalete gitmem lazım." Erich yatakta oturur vaziyete geldi.

"Bunu bir şartla yaparım" dedi.

Çok önemli bir sır veriyormuşçasına fısıldadı.

"Bir daha bileklerini keseceksen bunu dikine yapacaksın."

Kahraman gülümsedi.

"Olur amca" dedi, "sen yeter ki çöz beni."

İhtiyar yataktan usulca kalktı. Kahraman'ın yanına geldi. Genç adamı yatağa bağlayan kayışları çözmeye başladı.

"Bak evlat" dedi, "ben nasihat dinlemeyi hiç sevmeyen bir adamım, bu yüzden nasihat vermeyi de sevmem. Ama sana bir şey söyleyeyim; ölüm garantidir, hayatsa olasılıklarla dolu... Sen sen ol, olasılıkları görmeden garanti iş yapma."

Kahraman artık serbestti. Yataktan kalktı. Bağlı kalmaktan hamlamış vücudunu açmak için gerindi.

"Sağ ol amca" dedi.

İhtiyar başını hafifçe sallayıp yatağına uzandı.

Kahraman odadan çıktı.

***

Hastanenin tuvaletine girdi. Önce bir güzel işedi. Sonra sifonun üzerine sakladığı jileti aldı. Fırsatını bulmuştu. Bileklerini yeniden kesecekti. Kollarındaki sargıyı şöyle bir kontrol etti. Bandajı çıkarmaya çalışarak zaman kaybetmek istemiyordu. Jileti şah damarına dayadı. Kesiği atacakken, vedalaşmak istercesine sefil hayatını düşündü.

Kahraman elinde spiralle doğmuş bir bebekti. Hani şu kadınların hamile kalmamak için vajinalarına yerleştirdikleri plastik nesne... Kahraman'ın annesi hamile kalmak istemiyordu. Çünkü kendisi bir fahişeydi. Doktor spirali takarken hamile kalma ihtimalinin milyonda bir olduğunu söylemişti. Yani lotoyu tutturmak gibi bir olasılık... İşte Kahraman bu milyonda bir olasılığı gerçekleştirmiş bir bebekti.

Annesi onu doğurduktan hemen sonra yetimhaneye postalamıştı. Kahraman tüm bunları, sekiz yaşındayken kendisini ziyarete gelen teyzesinden öğrenmişti.

Babasını hiç tanımayan Kahraman, on sekiz yaşına kadar yetimhanede kalmıştı. Sıkı yumruklarını oraya borçluydu. Diğer çocuklarla yaptığı kavgalar onu müthiş bir dövüşçü haline getirmişti.

Yetimhaneden yollandığı o kara günün akşamında, parkta yapayalnız dolaşıp ne halt yiyeceğini düşünürken, babacan bir ihtiyarı tinercilerin elinden kurtardı. İhtiyar, Kadıköy'de bir spor salonu işletiyordu. Kahraman'a minnet borcunu ödemek için genç adamın orada kalmasına izin verdi. Kahraman salonda çalışmaya başladı. Yerleri siliyor, çamaşırları yıkıyor, tuvaleti temizliyordu.

Kendisini aşağılayan bir zengin piçini tek yumrukla yere serdiği gün, kurtardığı ihtiyar, Kahraman'dan bir şampiyon yaratabileceğini anladı. Yaşlı kurt yanılmamıştı. Kahraman on dokuz yaşına geldiğinde Türkiye, yirmi ikisinde Avrupa şampiyonu oldu. Yirmi sekizine bastığındaysa dünya şampiyonluğu için dövüşecekti. Ama bir peri masalı gibi başlayan boks macerası tekleyen kalbiyle son buldu. Sonrası ise bulunamayan kalp ve kesilen bilekler...

Kahraman milyonda bir olasılığa meydan okuyup dünyaya gelen bir bebek, istenmeyen ama mücadeleyi asla bırakmayan bir çocuk ve yumruklarıyla hayatta kalmayı başaran genç bir adamdı. Ama şimdi çaresizdi. Çaresiz ve yorgun... Arzu ettiği tek şey gözlerini usulca kapatıp bu boktan dünyadan bir an evvel defolup gitmekti. Ama şu Erich denen ihtiyarın anlattığı hikâye, damarlarına umut denen zehri yeniden enjekte etmişti.

Yorgun yüreğinin derinliklerinden gelen bir ses, Kahraman'ın kulağına şu olasılığı fısıldayıp duruyordu: "Ya kendisine uygun organ bulunursa?"

Jileti şah damarından indirip tuvalete attı. Sifonu çekti. Hayata son bir şans daha verecekti. Son bir şans...

## 27

Kahraman yüzüne vuran kavurucu öğle güneşiyle uyandı. Uzun zamandır böyle deliksiz bir uyku çekmemişti. Bunda eli, kolu bağlı olmadan yatmış olmasının da payı vardı. Ama aslan payı dün gece yaşadıklarına aitti. İhtiyarla geçirdiği zaman, kendini biraz daha iyi hissetmesini sağlamıştı. Ters tarafa döndü. İhtiyarın yatağına baktı. Yatak daha önce kimse yatmamışçasına derli topluydu. Komodinin üzerindeki eşyalardan da eser yoktu. Mızıka, güneş gözlüğü, cep saati, Werner'in kızının yaptığı resim... Hepsinin yerinde yeller esiyordu.

İhtiyar nereye gitmişti? Yoksa taburcu mu olmuştu? Odayı bu kadar sessiz nasıl terk edebilmişti? Kahraman bu soruların cevabını ararken, kapı açıldı. Gelen, Kahraman'ı yatağa bağlatan şu gestapo kılıklı doktordu. Önce koca göbeği girdi içeri, sonra da kel kafası... Çerçevesiz, son moda gözlüklerinin altından iri, siyah gözlerini Kahraman'a dikti. "Kim çözdü seni?"

Kahraman, karşısındaki boş yatağa baktı. "İhtiyar nerede?"

Doktor kalın kaşlarını çattı. Ama sinirden değil şaşkınlıktan... "Hangi ihtiyar?"

Kahraman parmaklarından gözlük yaptı.

"Hani şu sürekli güneş gözlüğü takan amca... Alman olan..." İhtiyarın adını düşündü. Bulunca parmaklarını şıklattı.

"Erik Sıvartz!"

Doktor çok ünlü bir ismi yanlış telaffuz eden birine kızan fanatiğin ciddiyetiyle düzeltti.

"Sıvartz değil Şıvartz!"

Kahraman, doktorun ukalalığına sinirlendi. "Ya neyse ne işte! Nerde bu hasta!"

Kahraman'ın, Erich Schwartz'ı hasta zannetmesi doktoru daha da kızdırdı. Ancak intihara teşebbüs etmiş biriyle yüksek perdeden konuşmanın akıllıca olmayacağının bilincindeydi. Altı yaşında bir çocukla konuşuyormuşçasına, "Bay Schwartz hasta değil" dedi. "Kendisi bu hastanenin sahibi..."

Kahraman, doktorun yüzündeki samimi ciddiyeti görmese, adamın kendisiyle kafa bulduğunu düşünebilirdi ama galiba söyledikleri doğruydu.

"Dün gece benim odamda kaldı."

Doktor bu sohbeti daha fazla uzatmak istemiyordu.

"Adam buranın sahibi" dedi. "İstediği odada kalır."

Doktor haklıydı. Kahraman cevap veremedi. Ama bu durumu kendince bir mantığa büründürmek zorundaydı. İhtiyarlar sohbet edecek birini bulmakta genellikle zorlanırlardı. Adamcağız belki de iki çift laf edebilmek için oda oda geziyordu. Kim bilir... Kahraman belki de haklıydı. Çünkü yalnızlığın insana yaptırmayacağı şey yoktur. Neyse... Genç adam sargılı kollarını teslim olan bir suçlu gibi havaya kaldırdı.

"Beni yeniden bağlamaya mı geldin?"

Doktor, Kahraman'a yaklaştı. Genç adamın bileklerindeki pansumanı kontrol ederken, "Seni bir daha bağlamayacağız" dedi.

Kahraman şaşırdı. "Neden?" diye sordu. "Yoksa beni buradan postalıyor musunuz?"

Doktor gözlüklerini çıkardı. Havaya kaldırıp kirlenmiş mi diye kontrol etti.

"Hayır" dedi, "uzun bir süre daha bizimle kalacaksın."

Kahraman kendisine henüz birkaç hafta önce üç ay ömrünün kaldığını söyleyen doktorun, "Uzun bir süre bizimle kalacaksın" demesine anlam veremedi.

"Burada o kadar kalmaya param da yetmez ömrüm de..."

Doktor beyaz önlüğünü bir bez gibi kullanarak gözlüğünü silmeye başladı.

"İkisi de yetecek merak etme" dedi. "Hastane masrafların Bay Schwartz tarafından ödendi, sana uygun kalp de bulundu."

Kahraman bir an ne diyeceğini bilemedi. Daha bu sabah ikinci bir intihar denemesinin eşiğinden dönmüştü. Şu an duyduklarına nasıl inanabilirdi ki? Doktor, matematik insanlarına has, duygusuz bir ciddiyetle "Kendine dikkat et" dedi. Tertemiz yaptığı gözlüğünü taktı ve aynı duygusuzlukla devam etti.

"Bunu laf olsun diye söylemedim, kendine dikkat et çünkü bu gece ameliyata gireceksin..."

Kahraman'ın kafası allak bullak olmuştu. Kalp nereden bulunmuştu? Kahraman'a uyacak mıydı? Ameliyattan sonra yaşama şansı yüzde kaçtı? Doktor, genç adamın bu soruları sormasına fırsat vermeden odadan çıktı. Birkaç saniye sonra bir şey unutmuş gibi geri döndü. Ve kapıyı açıp duygusuz bir espri patlattı.

"Kalbinle vedalaş genç adam" dedi, "çünkü yenisi geliyor!"

Kendi esprisine kendi güldü. Kapıyı kapattı. Gülmekten sarsılan koca göbeğiyle çekti gitti.

Kahraman kafasındaki sorulara cevap bulacakmışçasına Erich'in boş yatağına bakıyordu. Bu sabah boynuna jilet dayadığı anı hatırladı. Eğer garanti olanı seçmiş olsaydı, doktorun az önce söylediklerini asla duyamayacaktı. Boynunu kesmediği için sevindi ve Erich sanki karşısındaymışçasına, yatağa doğru gülümsedi. Hayat gerçekten de olasılıklarla doluydu. Ve olasılık demek, umut demekti. Sonuç net bir şekilde belli olmasa da umut edebilmek güzeldi. Hem de çok güzel!

## 28

Ameliyathanenin sadece hastayı aydınlatan beyaz ışığı... Kahraman'ın yarık göğüs kafesi... Kalp naklini gerçekleştiren koca göbekli doktorla kalabalık ekibi... Narkozun etkisindeki baygın Kahraman... Kan, ter, neşter ve dikişler...

Tüm bunların üzerinden tam üç hafta geçmişti. Kahraman komadan çıkalı ise dört gün oluyordu. Genç adam uyanır uyanmaz karısının ismini sayıklamıştı; Sevgi... Hastanedeki görevli bugün Sevgi'yi arayıp artık kocasını görebileceğini müjdelemişti. Kahraman ziyaretçi kabul edebilecek kadar iyileşmişti çünkü.

Sevgi haberi alır almaz hemen evden çıktı. Uzun süredir bugünü bekliyordu. Koca bebeğini çok özlemişti. Kahraman'a "koca bebeğim" derdi. Çünkü Kahraman hakikaten de kocaman bir cüsseye ve bir bebeğin masum gözlerine sahipti.

Sevgi onu çok seviyordu. Hem de bu dünyadaki herkesten ve her şeyden çok. Kahraman için ailesinin milyonlarını elinin tersiyle bir kenara itmişti. Bunu yapmıştı çünkü Kahraman'ın da kendisi için aynı şeyi yapacağından emindi. Onun öleceğine asla inanmamıştı. Bu dünya Kahraman gibi birini öbür tarafa bu kadar erken postalayacak kadar acımasız olamazdı. Dünya bu tür seçimlerde her zaman iyileri sınır dışı ederdi ama bu sefer doğru olanı yapmış, Kahraman'ı onlara bağışlamıştı. Sevgi'ye ve bebeğine... İki hafta önce hamile olduğunu öğrenen Sevgi, bunu Kahraman'a söylemek için sabırsızlanıyordu.

Genç kadın, hastanenin uzun koridorunda, zarif ayaklarındaki siyah topuklularla yürürken Kahraman'ı göreceği için çok mutlu, ona hamile olduğunu söyleyeceği içinse çok heyecanlıydı.

İki yüz on iki numaralı odanın önünde durdu. Derin bir nefes aldı. İçeri girdi. Kahraman'ın uykudan yeni uyanmış yarı aralık gözleri, karşısındaki sarışın afeti görünce kocaman açıldı. Sıfır kilometre kalbi daha hızlı atmaya başladı. Ama kalbi yeni olduğu için değil, Kahraman, Sevgi'yi her gördüğünde ilk defa görüyormuşçasına heyecanlandığı için... Genç adam şöyle bir doğruldu.

"Hoş geldin aşkım."

Sevgi, Kahraman'ın yatağının yanındaki sandalyeye oturdu. Kollarını kocaman açtı. Koca bebeğine doya doya sarıldı. Tek kelime etmedi. Sessizce ağladı. Onu bu kadar iyi gördüğü için çok mutluydu. Kahraman öleceğini öğrendiği gün de dahil, o zamana kadar Sevgi'nin yanında hiç gözyaşı dökmemişti. Ama o gün ağladı. Bir kadın tarafından bu kadar çok sevilmek onu duygulandırmıştı. Karısının elini tuttu. Alnını alnına dayadı.

"Her şey çok güzel olacak" dedi. Ve gözyaşlarını kendi elleriyle sildi.

Sevgi şimdi daha iyiydi. Kocaman siyah çantasından kâğıt mendil çıkardı.

Akan rimellerini temizledi.

"Doktorla konuştum, durumun çok iyiymiş."

Kahraman gülümsedi.

"Evet" dedi, "bomba gibiyim."

Sevgi mendili yerine koyarken hafifçe eğildi, göğüs dekoltesi iyice açıldı.

"Hatta seni heyecanlandırabileceğimi bile söyledi."

Kahraman gözlerini kadının meme çatalına dikti.

Sevgi, kocasının aç bakışlarını fark etti. Yarı şaka yarı ciddi, "Heyecan derken bunu kastetmemiştim" dedi.

Kahraman, kadını ellerinden yakalayıp kendine doğru çekti. "Bir erkeği başka nasıl heyecanlandırabilirsin ki?"

Sevgi, Kahraman'ın güçlü kollarından kurtuldu. Gözlerini adamın gözlerinin içine dikti. "Hazır mısın?"

Kahraman başıyla onayladı.

Sevgi büyük bir sır veriyormuşçasına fısıldadı. "Hamileyim."

Kahraman ağzı bir karış açık sordu. "Ne?"

Sevgi bu sefer daha yüksek sesle söyledi. "Hamileyim, bebeğimiz olacak!"

Kahraman göğsündeki bandaja da kendisini EKG cihazına bağlayan kablolara da aldırış etmeden Sevgi'yi kendine doğru çekti ve genç kadını kucakladı.

"Yani ben şimdi baba mı oluyorum?"

Sevgi, genç adamın etli dudaklarına küçük bir buse kondurdu. "Aynen öyle."

Kahraman aldığı haberin sevinciyle karısına sıkı sıkı sarıldı. Bir süre hiç konuşmadan öylece durup bu mutlu anın tadını çıkardılar.

Sevgi kolundaki saate baktı. Ziyaretin bitmesine çok az kalmıştı. Kahraman'a vermesi gereken şeyi hatırladı. Siyah çantasının içinden kırmızı, kadife bir kutu çıkardı.

"Bunu evvelsi gün getirdiler" dedi. "Senin adına yollanmış."

Kahraman kutuyu aldı. "Ne ki bu?"

Sevgi ellerini iki yana açarak, "Bilmem" dedi, "açmadım."

Kahraman kutuyu açtı. Mızıka, güneş gözlüğü, cep saati ve Werner'in kızının yaptığı çiçek resmi... Kutunun içinde öylece duruyorlardı. Kahraman kendi kendine konuşur gibi "Erik" dedi.

Sevgi buna bir anlam veremedi.

"Erik mi, ne eriği?"

Kahraman gözlerini kutunun içindekilere dikmiş öylece bakıyordu. "Erik Sıvartz, Alman bir amca, buranın sahibi..."

Sevgi'nin kafası karışmıştı.

"Sana bunları neden göndermiş ki?"

Kahraman kutunun içindekileri şöyle bir karıştırdı. Nesnelerin altında beyaz bir zarf olduğunu fark etti.

"Uzun hikâye" dedi. "Sonra anlatırım sana..."

Zarfı kutudan çıkardı.

"Bir de mektup bırakmış..."

Bu adamın kim olduğunu ve Kahraman'a bunları neden gönderdiğini çok merak eden Sevgi, bir de mektubu görünce iyice meraklanmıştı.

"Açsana zarfı..."

Kahraman zarfı yırtmamaya özen göstererek açtı. İçinden çıkan mektubu okumaya başladı.

"Yüksek sesle oku" dedi Sevgi. "Çok merak ettim."

Kahraman yeni baştan, yüksek sesle okumaya başladı.

*"Kimin kalbini taşıdığını bilmeye hakkın olduğunu düşünüyorum evlat. Ben yaşaması için pamuklara sarılan, üzerine titrenen bir çocuğum..."*

Kahraman, Erich'in bununla neyi kastettiğini anlamıştı. Kocaman çukurlarda esirlerin tepeleme yığılı, çıplak cesetleri geldi gözünün önüne...

*"Ben yaşama hakları ellerinden alınmış, milyonlarca insanın çığlığıyım..."*

İhtiyarın anlattıklarını hatırladı. Tahta ranzalarda sıkış tepiş yatan, hasta ve ölü yüzlerce esiri düşündü.

*"Ben kaçmaları imkânsız olan esirlerin mucizesiyim. Bir insanın asla yaşamaması gereken şeyler yaşadım. Bir çocuğun görmemesi gereken şeyleri gördüm."*

Darağaçlarından sarkan esirler... Ceset küllerinden yığılı kocaman bir tepecik... Kare kare geçti Kahraman'ın gözlerinin önünden...

*"Senin için yaptığım şeyi asla bir fedakârlık olarak görme evlat. Bana sakın minnet duyma. Çünkü sen beni çok ağır bir yükten kurtardın. Hayatım boyunca omuzlarımda taşımak zorunda olduğum kocaman bir yükten..."*

Kahraman mayınlı yoldan geçerek paramparça olan Kapoları hatırladı. Patlayan mayınların ışığıyla aydınlanan geceyi ve paramparça olan Kapoları...

*"Benim için o kadar çok insan kendini feda etti ki..."*

Yan yana dizilmiş otuz mahkûm... Makineli tüfeğin başında bir SS askeri... Tetiğe basan parmak ve kurşunlanıp patır patır yere düşen esirler... Delik deşik ve kanlar içinde...

*"Toplama kampından kurtulduktan sonra, defalarca intihar etmeyi düşündüm. Ama bunu yapmaya hakkım yoktu. Eğer yapsaydım benim için canını veren onlarca insana ihanet etmiş olacaktım. Bu yüzden yaşadım ve hayatımı insanları yaşatmaya adadım.*

*Artık buralardan çekip gitmeliyim. Ama bu gidiş, bir kişinin hayatını kurtarmalı. Seninkini... Benim için onlarca insan canını verdi. Benim sana vereceğim hayat, bunu karşılayabilir mi? Cevabım; evet!*

*Çünkü bir kişiyi kurtaran, tüm insanlığı kurtarır.*

*Hayat küçücük bir kutuya sığabilir. Ama o kutunun içindekiler koskoca evrene sığmaz. Bunlar sana emanet evlat... Umarım kalbim seni yaşatır. Eğer hayatına devam edebilirsen, sana naçizane bir tavsiyem olacak: Hayat sana kroşe vurduysa sen ona aparkat çak!"*

Kahraman titreyen elleriyle mektubu katladı. Kutsal bir metni yerleştiriyormuşçasına kutuya koydu. Konuşacak durumda değildi.

Kocasının halini anlayan Sevgi, ona hiçbir şey sormadı. Usulca elini tuttu.

Kahraman, karısının sıcacık elini dudaklarına götürdü. Küçük bir buse kondurdu. Sevgi'ye, Erich Schwartz'a ve hayata tek bir şey söylemek istiyordu.

"Teşekkür ederim."

Sevgi başını kocasının göğsüne yasladı. Kalbi güm güm atıyordu. Ne kadar çok ses çıkarıyordu bu kalp böyle, demek ki ne kadar büyüktü!

## 29

Kahraman hastaneden taburcu olur olmaz Erich Schwartz'ın kim olduğunu araştırmaya başladı. İlk durağı ihtiyarın vasiyeti üzerine müze haline getirilen köşkü oldu. Kahraman köşkü gezerken ihtiyarın duvarlara asılı fotoğraflarının altına yazılmış olan hayatına dair bilgilerin hepsini satır satır okudu.

Küçük Erich toplama kampından kaçtıktan sonra Polonyalı bir doktorun yanına sığınmıştı. Nazilerden kaçan birçok bilim adamına ve sanatçıya kucak açan Türkiye Cumhuriyeti, Polonyalı doktor ile küçük Erich'i de bağrına basmıştı. Erich, Türk hastanelerinde çalışan doktor tarafından büyütülmüş, en iyi okullarda okutulmuş ve kendisi de bir doktor olmuştu. Para kazanmaya başlayınca birkaç arkadaşıyla birlikte küçük bir hastane kurdular. İşleri büyüyünce de Erich kendine yeni bir hastane açtı. Ancak bu hastanenin diğerlerinden bir farkı vardı. Hastalarını ücretsiz tedavi ediyordu. Ameliyatlardan da beş kuruş para alınmıyordu.

Erich Schwartz hayatı boyunca evlenmemiş ve çocuk sahibi olmamıştı. Günün birinde kendini feda edip bu dünyadan çekip gideceğini biliyordu. Bu yüzden de arkasında onun için üzülecek birileri olsun istememişti. Onun ailesi, ücretsiz sağlına kavuşturduğu binlerce insandı...

Kahraman, köşkü gezerken Erich Schwartz'a olan hayranlığı bir kat daha artmıştı. Hayatını kurtaran bu fedakâr adama verebileceği en büyük hediyenin yaşama asılmak ve asla vazgeçmemek olduğuna karar verdi. Kendisi yaşadığı sürece Erich Schwartz da onunla birlikte yaşayacaktı çünkü...

İhtiyarın gülümserken resmedildiği kocaman, yağlıboya portrenin önünde durdu. Kendisine emanet ettiği kutuyu açtı. İçinden güneş gözlüğünü çıkarıp taktı. Mızıkayı eline alıp şöyle bir temizledi. Ve öğrenebildiği kadarıyla çalmaya başladı. Blues değildi çaldığı, arabesk bir şarkıydı. Yine de ihtiyarın bir yerlerde kendisini gülümseyerek dinlediğini hissedebiliyordu.

Şarkıyı bitirdikten sonra mızıkayı ve gözlüğü kutuya koydu. İhtiyarın portresine avucunun içiyle dokunup onunla vedalaştı. Müzeden ayrılmak üzereyken, telefonu çaldı. Hastaneden arıyorlardı. Aniden sancılanıp hastaneye kaldırılan karısı nur topu gibi bir erkek bebek dünyaya getirmişti. Kahraman, yürüyerek geldiği köşkten, koşarak çıktı.

Karısına ve oğluna koşuyordu!

## *30*

Kahraman tam iki yıl sonra yeniden ringdeydi. Dünya ağırsıklet boks şampiyonu olabilmek için dövüşecekti. Salonu hıncahınç dolduran kalabalığı izlerken, kalbinin üzerine küçük dokunuşlarla vuruyordu. Sanki sahibiyle konuşuyormuşçasına...

Ve vurduğu yere, kalbinin tam üzerine, kalın, italik harflerle şu sözcük dövmelenmişti:

APARKAT